琼瑶

作品大合集

苍天有泪 2

爱恨千千万

琼瑶 著

作家出版社

琼瑶，本名陈喆，作家、编剧、作词人、影视制作人。原籍湖南衡阳，1938年生于四川成都，1949年随父母由大陆赴台生活。16岁时以笔名心如发表小说《云影》，25岁时出版首部长篇小说《窗外》。多年来笔耕不辍，代表作包括《烟雨蒙蒙》《几度夕阳红》《彩云飞》《海鸥飞处》《心有千千结》《一帘幽梦》《在水一方》《我是一片云》《庭院深深》等。

多部作品先后改编成为电影及电视剧，琼瑶也因此步入影视产业。《六个梦》系列、《梅花三弄》系列、《还珠格格》系列等，影响至深，成为几代读者与观众共同的记忆。

琼瑶以流畅优美的文笔，编织了众多曲折动人的故事。其作品以对于梦的憧憬和爱的执着，与大众流行文化紧密结合，风靡半个多世纪，成为华文世界中极重要的文学经典。

我为爱而生，我为爱而写
文字里度过多少春夏秋冬
文字里留下多少青春浪漫
人世间虽然没有天长地久
故事里火花燃烧爱也依旧

琼瑶

II

接着，展家是一阵忙乱。重重院落，都灯火通明。

大夫来了好几个，川流不息地诊视云飞。丫头们捧着毛巾、脸盆、被单、水壶、药碗……穿梭不停地出出入入。品慧、天尧、纪总管都陆续奔进云飞房间，表示关切。在这一片忙碌和杂沓之中，只有一个人始终没有走进云飞的房间，那就是天虹。她像个不受注意的游魂，孤独地坐在长廊的尽头，惊吓地看着那些忙碌的人群，却连询问一声都不敢。

云飞房中，挤满了人。梦娴已经醒过来了，现在，目不转睛地看着云飞，无论怎样也不肯离开。云飞始终昏昏沉沉，醒了一下，又昏睡过去。大夫们给他包扎的包扎、上药的上药。几个大夫联合会诊，等他们诊断完毕，祖望、梦娴、品慧、纪总管、云翔、天尧都围上去，虽然各有心机，关心的程度是一样的。

"严重吗，大夫？"祖望急急地问。

"我们出去说话！"

大夫走出房，祖望、品慧、纪总管、天尧、云翔都跟了出去，站在门口说话。

"伤口已经有外国大夫缝过，应该不会裂开，现在又裂开了，情况就不好！我已经用金创药给他包扎过了，希望不再流血。现在，我们要联合商量一个药方，赶快去抓药！"大夫说。

"快快快！去书房开药方！"祖望说。

一群人往书房走，阿超追了过来：

"大夫，药方开好给我，我去抓药！"

"你守着大少爷吧，我看他离不开你！抓药，让天尧去抓就好了！"云翔说。

阿超冲口而出：

"天尧去，只怕大少爷命要不保！"

云翔脸一板，怒瞪阿超，厉声地说：

"你说什么？天尧什么时候误过事？你一天到晚守着大少爷，怎么允许他受伤？跟你在一起，命才不保！"

梦娴也追出来了，看看阿超，心里有些明白，当机立断：

"阿超，你进去陪着他，我去拿药方！"

梦娴跟着大家走了，阿超才放心地退回房间。他着急地走到床前。

云飞痛楚地呻吟了一声，努力地睁开眼睛，有些清醒了。丫头们围在床前给他擦汗的擦汗，挥扇的挥扇。齐妈看到他睁眼，就急忙挥手，让丫头们出去：

"去去去！这儿有我侍候就好了！"

丫头捧着染血的毛巾衣物退出门去。

齐妈关好门窗，和阿超围到床前来。齐妈轻声地喊着：

"大少爷，人都走了，房里只有我和阿超，你觉得怎么样？"

云飞虚弱已极地看着阿超和齐妈，慢慢地恢复了意识。和意识一起醒来的，是对雨凤的牵挂。他挣扎着说：

"我……不会死……我还得留着命……照顾雨凤……"

齐妈和阿超听得好心酸，齐妈眼眶都湿了。云飞缓过一口气来，觉得伤口痛得钻心，整个人一点力气都没有，想到经过情形，不禁咬牙：

"云翔，他好狠！我毕竟是他的哥哥，他却想置我于死地！"

阿超恨极，可是，也困惑极了：

"可是，怎么会泄露出去的呢？我们这么小心，连太太都瞒过去了！"

"只怕是……天虹小姐！只有天虹小姐知道！"齐妈说。

云飞无力追究是谁泄露机密，好多话要交代阿超，提了半天气，才勉强提起精神来，说：

"你们听好，我不知道云翔到底了解多少，但是，他连我的伤口在什么地方，他都知道，我实在好害怕，不知道他在爹面前说些什么，不知道雨凤那儿有没有危险。现在，这样一来，我是真的不能去看她了！阿超，你要想办法保护她！"

"你好好地养病吧！现在操心任何事都没有用。雨凤姑娘那儿，我会随时去看的！你放心吧，现在，要担心的是你，不是雨凤啊！"阿超说。

一声门响，大家住口。

梦娴急急忙忙走进来，把药方塞进阿超手中：

"阿超，你赶快去抓药！"

阿超拿着药方，匆匆地说：

"这儿交给你们了，千万别让二少爷进门！我抓了药就回来！"

他不敢延误，快步而去。走到院子里，忽然有个人影蹿出来，飞快地拦住了他。他定睛一看，是神态惊惶的天虹。

"阿超，他怎样了？"她急切地问。

阿超已经认定是天虹泄密，义愤填膺，气冲冲地说：

"天虹小姐，你好狠啊！你告诉了二少爷，是不是？他假装好人，去扶大少爷，却把伤口撞裂，让他流血不止！一条命已经去了一大半了！你还问什么？"

天虹睁大眼睛，踉跄而退。退到回廊的椅子上，一屁股跌坐下来。

阿超也不管她，掉头而去了。

房里，梦娴看到云飞醒了，又是高兴、又是忧伤、又是焦虑、又是疑惑。摸索着在他床前坐下，心痛地看着他：

"云飞，你怎样？你要吓死娘啊！"

"对不起……"云飞衰弱地说。

"到底是谁这么狠，会刺你一刀？"

"娘！如果你不问，我会好感激。"

梦娴眼眶一红：

"为了那个萧雨凤，是不是？你为她而受伤？是不是？"

云飞闭上眼睛，默然不语。梦娴一急：

"你为什么不跟她散了？为什么要让自己受伤？"

云飞心中一痛，无力解释，长长一叹：

"娘，关于我的受伤，等我精神好一点的时候，我一定告诉你，好不好？但是，不要再说'散了'这种话，我不过是受了一点小伤，即使为她死了，我也不悔！"

梦娴怔住，看着他那苍白如死的脸色，看着他那义无反顾的坚决，她陷进巨大的震撼里，什么话都说不出来了。

梦娴对云飞的受伤，是一肚子的疑惑，满心的恐惧。祖望也被这件事惊吓了，想到居然有人要置云飞于死地，就觉得"心惊胆战，不可思议"。在书房里，他严肃地看着纪总管和云翔，开始盘问他们，有没有知情不报。

"到底是怎么回事？谁要杀他？你们知道还是不知道？"

纪总管皱皱眉头，说：

"我们实在不知道他是怎么受伤的。只是……听说，云飞为了萧家两个姑娘，已经结下很多梁子了！这次受伤，我猜，八成是争风吃醋的结果。据说云飞在外面很嚣张，尤其阿超，已经狂妄到不知道自己姓甚名谁的地步，常常搬出展家的招牌，跟人打架……"他趋前低声说，"老爷，你上次说，把钱庄交给云飞管，我就先把虎头街的钱庄拨给他管，前天一查账，已经短少了一千块！"

"是吗？"祖望困惑极了，"我觉得云飞不会这样！"

"是啊！我也觉得他不会！可是，他这次回来，真的变了一个人，你觉得没有？以前哪里会争这个争那个，现在什么都要争！以前对映华痴心到底，现在会去酒楼捧姑娘！以前最反对暴力，现在会跟人打架还挂彩……我觉得有点不对，你一点都不觉得吗？"纪总管说。

云翔接了口：

"总之，他现在受伤是个事实！他千方百计想要瞒住，也是一个事实！我就奇怪，怎么受了伤，居然不吭气！他一定在遮掩什么！"

祖望动摇了，越想越怀疑：

"真的有问题！大有问题！"他抬头看纪总管："不管他是怎么受伤的，这个下手的人简直没把我们展家放在眼里！找出是谁，不能这样便宜地放过他！"

"是谁干的，阿超一定知道！"云翔说。

"可是，阿超不会说的！随你怎么问他，他都不会说的！"纪总管说。

天尧和云翔对看一眼。云翔打鼻子里哼了一声，是吗？阿超不会说吗？

阿超抓了药，一路飞快地跑回家。到了家门口的巷子里，忽然，一个人影悄然无声地从他身后蹿出，举起一根大棒子，重重地打在他的后脑勺上。他哼也没哼，就晕了过去。

哗啦一声，一桶冷水，淋在他身上，他才醒了过来。睁眼一看，自己已经被五花大绑，悬吊在空中。他的手脚分开绑着，绑成一个"大"字形，上衣也扯掉了，裸着上身。他再定睛一看，云翔、天尧、纪总管正围绕着他打转，每个人都是杀气腾腾的，云翔手里拿着一条马鞭，看到他睁眼，就对着他一鞭鞭挥下，喊着：

"你没想到吧！你也有栽在我手里的一天！平常连我，你都敢动手！今天正好跟你算个总账！你以为有云飞帮你撑腰，我就不敢动你吗？现在，哈哈！一个成了病猫！一个成了囚犯！看你还怎么张狂！"

阿超知道自己中了暗算，扼腕不已。看看四周，只见到处都堆放着破旧家具，知道这儿是展家废弃的仓库，几年也不会有人进来。陷身在这儿，今晚是凶多吉少了。他明白了这一点，心里也就豁出去了，反正了不起是一死！尽管皮鞭像雨点般落下，打得他皮开肉绽，他只是睁大眼睛，怒瞪着云翔，一声也不吭。

纪总管往他面前一站，大声说：

"你今天识相一点，好好回答我们的话，你可以少挨几鞭！"就厉声问："说！云飞是怎样受伤的？"

阿超一怔，这才明白过来，原来他们并不知道是谁刺伤了云飞，心里一喜，就笑了起来：

"哈哈！"

云翔怒不可遏：

"笑！你还敢笑！我打到你笑不出来！说！云飞是怎样受伤的？是谁动的手？说！"他举起鞭子，一鞭鞭抽了过来。

阿超头一抬，瞪着云翔，大声说：

"不就是你像暗算我一样，暗算他的吗？"

"胡说八道！死到临头，你还要嘴硬！你说还是不说，你不说，我今天就打死你！"

阿超倔强地喊着：

"你可以打我，你可以暗算我，你可以去杀人放火，你可以对你的亲生哥哥下毒手，你什么事做不出来？"他掉头看天尧，大喊："天尧，你今天帮着他打我，有没有想到，将来谁会帮着他打你？"

"你还想离间我和天尧？我打死你！打死你！打死你……"云翔怒喊，鞭子越抽越猛。

阿超仰头大笑：

"哈哈！以为你是个少爷，结果是条虫！"

"你说什么？你说什么？"

"从小，你跟我一起练武，现在，你不能跟我单打独斗，只能用暗算的，算什么英雄好汉？传出江湖，你就是一条虫！"

"天尧！给我一把刀！我要杀了这个狗奴才！"云翔气极，大喊。

"杀他？他值得吗？就是要杀他，也不需要你动手！"纪总管说。

"是啊！我们平常是放他一马，要不然，他就算有十条命，也都不够我们杀的！"天尧接口。

阿超大叫：

"纪总管，天尧！不要忘了，你们也是奴才啊！我们之间所不同的，我有一个把我当兄弟的主子，而你们有一个把你们当傻瓜的主子……这个人……"他怒瞪云翔，"不仁不义，还是一个扶不起的阿斗，值得你们为他卖命吗？"

"我打死你！打死你！打死你……"云翔大喊，马鞭毫不留情地挥了过来。

阿超咬牙忍着，一会儿，已经全身都是伤，无力再和云翔斗口了。

"云翔！再打他就会厥过去了！我们还是把重点审出来吧！"天尧提高声音，"是谁让云飞挂彩的？快说！"

阿超抬头对天尧一笑：

"我已经告诉你们了，是云翔做的，你们不相信吗？"

云翔已经停鞭，一听，大怒，鞭子又挥了过去。

纪总管瞪着阿超，不愿打出人命，伸手阻止了云翔：

"今晚够了，你也打累了，我看，再打也没用，他一定不会说的，我们把他关在这儿，明天再来继续审他！先让他饿个两三天，看他能支持多久！"

云翔确实已经打累了，丢下马鞭，喘吁吁地对阿超挥着拳头咆哮：

"你就在这里慢慢给我想！我的时间长得很，明天想不起来，还有后天，后天想不起来，还有大后天！看你有多少天好熬！"

纪总管、天尧、云翔一起走了。阿超清楚地听到，门外的大锁"喀哒"一声锁上了。

阿超筋疲力尽地垂下头去，痛得几乎失去知觉了。

时间不知道过去了多久，阿超的精神恢复了一些。抬起头来，他四面看了看，这个废弃仓库阴冷潮湿，墙角的火把，像一把鬼火，照得整个房间阴风惨惨。他振作了一下，开始苦思脱困的办法。他试着挣扎，手脚上的绳子绑得牢牢的，无论怎样挣扎都挣不开。

"怎么办？大少爷会急死了！齐妈和太太不知道会不会想办法救我，但是，她们根本不知道我陷在这儿呀！药也丢了，大少爷没药吃，会不会再严重起来？"他想来想去，一筹莫展。

忽然，门外有钥匙响，接着，厚重的门被轻轻推开。

阿超一凛，定睛细看，只见一个纤细的人影，一闪身溜了进来。他再一细看，原来是天虹。

"天虹小姐？"他又惊又喜。

天虹一抬头，看到五花大绑、遍体鳞伤的阿超，吓得几乎失声尖叫。她立刻用手蒙住自己的嘴巴，深吸口气，又拍拍胸口，努力稳定了一下自己，才低声说：

"我来救你了，我要爬上去割断绳子，你小心！"

"你有刀吗？"

"我知道一定会需要刀，所以我带来了！"

天虹拖来一张桌子，爬上去割绳子：

"你也小心一点，别摔着了！"

"我知道！"

天虹力气小，割了半天，才把绳索割断。阿超跌倒在地上，天虹急忙爬下桌子，去看他，着急地问：

"你怎样？能走还是不能走？"

阿超从地上站起来，忍痛活动手脚，一面飞快地问：

"你怎么会来救我？"

"你去抓药，我就一直在门外等你，想托你带一句话给大少爷，我看着你被他们打晕抓走，看着你被押到这儿来……我一点办法都没有，我必须等到云翔睡着，才能偷到钥匙，所以来晚了……"她看到阿超光着上身，又是血迹斑斑的，就把自己的披风甩给他，"披上这个，我们快走！"

阿超披上衣服。两人急急出门去。

走到花园一角，天虹害怕被人撞见，对他匆匆地说：

"你赶快去守着大少爷，我必须马上回去！"

"是！"阿超感激莫名，诚挚地问，"你要我带什么话给大少爷？"

天虹看着他，苦涩而急促地说：

"我要你告诉他，我没有出卖他，绝对没有！关于他受伤，我什么都没有说过！要他相信我！"她顿了顿，凝视他："你对他有多忠心，我对他就有多忠心。"

"我懂了！你快回去吧！今晚的事……谢谢。"阿超感动极了。想想，很不放心："你回去会不会有麻烦？"

"我不知道。希望他没醒……我不能再耽误了……"她转身向里面走，走走又回头，百般不放心地加了一句，"阿超！照顾他！千万别让他再出事！"

阿超神色一凛，更加感动：

"我知道……你也……照顾自己！还有……现在，这个家真的是乱七八糟了，我都不知道自己能不能够保护好大少爷，如果随时要防暗算，那就太恐怖了！你假若有力量，帮帮大少爷吧！毕竟，现在和大少爷作对的三个人，都是你最亲近的人！"

天虹震动地看他，脸上的苦涩，更深更重了。她点了点头，说了一句：

"只要我不是自身难保，我会的！"说完，就急忙而去了。

阿超回到云飞房间的时候，云飞、齐妈和梦娴正像热锅上的蚂蚁，急得不得了。阿超本来还想瞒住自己被打的事，但是，药也丢了，上衣也没了，浑身狼狈，怎样都瞒不住，只好简简单单，把经过情形说了一遍。云飞一听，也不管自己的伤口，从床上撑起身子，激动地喊：

"他们暗算你？快！给我看看，他们把你打成怎样了？"

阿超披着天虹的那件披风，遮着身体，但是，脸上的好几下鞭痕是隐瞒不了的。

齐妈和梦娴，都震惊已极地瞪着他，尤其梦娴，太多的意外，使她都傻住了。

阿超伸手按住云飞：

"你不要激动，你躺下来，千万不要再碰到伤口，我拜托拜托你！我的肉厚，身体结实，挨这两下根本不算什么……只是药丢了，我要去敲药铺的门，再去抓……"

他话没说完，云飞已一把拉下他的披风。他退避不及，伤痕累累的身子，全都露了出来。

梦娴惊呼一声，齐妈抽口大气，云飞眼睛都直了。好半天，大家都没说话，然后，云飞咬咬牙，痛楚地闭了闭眼睛说：

"他们居然这样对你！这还是一个家吗？这还有兄弟之情吗？天尧也这样，纪叔也这样！天尧和我们是一起长大的呀！我不能忍受了，趁这个机会，大家把所有的事都挑明吧！娘，你把爹请来，我要公开所有的秘密……"

阿超急忙劝阻：

"你沉住气好不好？你现在伤成这样。大夫再三叮咛要休息，你哪儿有力气来讲这么长的故事？何况老爷信不信还是一个大问题，即使信了，你认为就没事了吗？可能会有更多的问题！想想你再三要保护的人吧！再说，天虹小姐今晚冒险救我，如果泄露出去，她会怎样？那三个人，是她的爹、她的哥哥，和她的丈夫耶！不能说！什么都不能说！"

云飞被点醒了，是的，天虹处境堪怜，雨凤处境堪忧，投鼠忌器，什么都不能说！他又急又恨又无奈，痛苦得不得了：

"那……我们要怎样，完全处于挨打的地位吗？"

"我觉得，第一步是你们两个都得赶快把伤养好！大少爷，你就躺着别动，阿超，你到桌子这边来，我给你上药！"齐妈喊。

"对对对，你赶快先上药再说！"梦娴惊颤地说。

齐妈把阿超拉到桌子前面，倒了水来，清洗着伤口。他的背脊上，左一条右一条的鞭痕，条条皮开肉绽。齐妈一面擦拭着血迹，一面心痛地说：

"会疼吧？没办法，我想那马鞭多脏，伤口一定要消毒一下才好，你忍一忍！"

他忍着痛，居然还笑：

"你这像跟我抓痒一样，哪有疼？"

梦娴捧着干净绷带过来，说：

"这儿还有干净的绷带和云飞的药，我想，金创药都差不多，快给他涂上！"她一看到阿超的背，就觉得晕眩，脚一软，跌坐在椅子里："我的老天，怎么会下这样的毒手呢？这怎么办呢？这个家这样危机四伏，怎么办呀？"

"娘！"云飞在床上喊。

梦娴赶忙到床前来。云飞心痛地说：

"娘，你回房休息吧，好不好？"

"我怎能休息，你们两个都受伤了！敌人却是我们的亲人，防不胜防，随时，云翔都可以来'问候'你一下，我急都急死了，怎么休息！"

阿超急忙安慰梦娴：

"太太，你放心，我以后会非常注意，不让自己受伤，也不让大少爷受伤！你想想看，家里有哪些人是我们可以信任的，最好调到门口来守门，不要让二少爷和纪家父子进门！"

"我看，我把我的两个儿子调来吧！别人我全不信任！"齐妈说。

"对了，我忘了大昌和大贵！"梦娴眼睛一亮。

齐妈猛点头：

"这样，就完全可以放心了，门口，有大昌大贵守着，门里，有我和阿超……即使阿超走开几步，也没关系了！"

云飞躺在床上，忍不住长叹：

"我们出去四年，跑遍大江南北，随处可以安居，从来没有受过伤，没想到在自己家里，居然要步步为营！"

阿超没等药擦完，又跑回到云飞床边来，笑嘻嘻地说：

"我没有白挨打，有好消息要给你！"

"还会有什么好消息？"云飞睁大眼睛。

"他们拼命审问我，是谁对你下的手，原来他们完全不知道真相！所以，你要保护的那个人，还是安安全全的！"

云飞眉头一松，透了一口长气。

"还有，天虹姑娘要我带话给你，她没有出卖你，她什么都没说！"

云飞深深点头：

"我早就知道她什么都没说！真亏了她冒险去救你！齐妈，你要打听打听她有没有吃亏！"

"我会的！我会的！以后再也不会冤枉她了！"齐妈一迭连声地说。

"齐妈，你注意一下小莲，我觉得那丫头有点鬼鬼祟祟！"阿超说。

齐妈点头。梦娴忧心忡忡，看看云飞，又看看阿超，真是愁肠百结，说：

"现在，你们两个，给我好好地养伤吧！谁都不许出门！"

"大少爷躺着就好，我呢，都是皮外伤，毫无关系，我还是要出门的！就拿这抓药来说，我现在就要去……"

齐妈很权威地一吼：

"现在哪有药铺会开门？明天一早，大昌会去抓药，你满脸伤，还要往哪里跑？不许出去！"

阿超和云飞相对一看，两个伤兵，真是千般无奈。

云飞经过这样一闹，又快要虚脱了。闭上眼睛，他想合目养神，可是，心里颠来倒去，都是雨凤的影子。自己这样衰弱，阿超又受伤了，雨凤会不会在巷口等自己呢？见不到他，她会怎么想？他真是心急如焚，简直"度秒如年"了。

第二天一早，齐妈就把所有的事，都照计划安排了。端了药碗，她来到云飞床前，报告着：

"所有的事，我都安排好了，你不要操心。天虹那儿，我一早就去看过了，她过关了！她说，钥匙已经归还原位，要你们放心。"

云飞点头，心里松了一口气，总算天虹没出事。正要说什么，门外传来家丁的大声通报：

"老爷来了！"

云飞一震。齐妈忙去开门，阿超赶紧上前请安：

"老爷，早！"

祖望瞪着阿超看，阿超脸上的鞭痕十分明显。祖望吃惊地问：

"你怎么了？"

"没事！没事！"阿超若无其事地说。

"脸上有伤，怎么说是没事？怎么弄的？"祖望皱眉。

"爹！"云飞支起身子喊。

祖望就搁下阿超的事，来到床前，云飞想起身，齐妈急忙扶住。

"爹，对不起，让您操心了！"

"你躺着别动！这个时候，别讲礼貌规矩，赶快把身子养好，才是最重要的！"他看看云飞又看看阿超，严肃地说，"我要一个答案，你们两个到底是怎么回事？不要再瞒我了！"

"阿超和我是两回事，阿超昨晚帮我抓药回来，被人一棍子打昏，拖到仓库里毒打了一顿！"云飞不想隐瞒，坦白地说了出来。

"是谁干的？"祖望震惊地问。

"爹，你应该心里有数，除了云翔，谁会这样做？不只云翔一个人，还有纪总管和天尧！我真没想到，我的家，已经变成了一个暴力家庭！"

祖望的眉头皱得更紧了，生气地说：

"云翔又犯毛病了，才跟我说，要改头换面，重新做人，转眼就忘了！"说着，又凝视云飞："不过，阿超平常也被你宠得有点骄狂，常常作威作福，没大没小，才会惹出这样的事吧！"

云飞一听，祖望显然有护短的意思，不禁一愣。心中有气，正要发作，阿超走上前来，赔笑说：

"老爷！这事是我不好，希望老爷不要追究了！"

祖望看阿超一眼，威严地说：

"大家都收敛一点，家里不是就可以安静很多吗？"

云飞好生气：

"爹！你根本在逃避现实，家里已经像一个刑场，可以任意动用私刑，你还不过问吗？这样睁一眼，闭一眼，对云翔他们一再姑息，你会造成大问题的！”

祖望也很生气，烦恼地一吼：

“我现在最大的问题就是你！”

云飞一怔。阿超和齐妈面面相觑，不敢说话。

“好！我已经知道云翔打了阿超！那么你呢？你肚子上这一刀，总不是云翔捅的吧？你还不告诉我真相吗？你要让那个凶手逍遥法外，随时再给你第二刀吗？”

云飞大急，张口结舌。祖望瞪着他，逼问：

“就是你这种态度，才害阿超挨打吧？难道，你要我也审阿超一顿吗？”

云飞急了，冲口而出：

“如果我告诉你，这一刀是我自己捅的，你信不信呢？”

“你自己捅的？你为什么要自己捅自己一刀呢？”祖望大惊。

云飞吸口气，主意已定。就坚定地，肯定地，郑重地说：

“为了向一个姑娘证明自己心无二志！”

祖望惊奇极了，目不转睛地盯着他看。云飞迎视着他的目光，眼神那么坦白真挚，祖望不得不相信了。他睁大眼睛，不可思议地说：

“这太疯狂了！但是，这倒很像你的行为！‘做傻事’好像是你的本能之一！”他咽了口气，对这样的云飞非常失望，云翔的谗言就在心中全体发酵：“我懂了，做了这种傻事，你又想遮掩它！”

“是！请爹也帮我遮掩吧！”

"那个姑娘就是待月楼里的萧雨凤？她值得你这样做？"

云飞迎视着父亲的眼光，一字一句，掏自肺腑：

"为了她，赴汤蹈火，刀山油锅，我都不惜去做！何况是挨一刀呢？她在我心里的分量可想而知！爹如果肯放她一马，我会非常非常感激，请你给我一点时间，让我向你证明我的眼光，证明她值得还是不值得！"

祖望瞪着他，失望极了。

"好了！我知道了！"他咬咬牙，说，"我的两个儿子，云翔固然暴躁，做事往往太狠，可是，你，也未免太感情用事了！在一个姑娘身上，用这种功夫，损伤自己的身子，你也太不孝了！"站起身来，他的声音冷淡："你好好地休养吧！"他转身向外走，走了几步，又站住了，口头说："云翔现在很想和你修好，你也不要拒人于千里之外，兄弟之间，没有解不开的仇恨，知道吗？"说完，转身去了。

云飞怄得往床上一倒。

"简直是一面倒地偏云翔嘛！连打阿超这种事他都可以放过！气死我了……"他这一动，牵动了伤口，捧着肚子呻吟，"哎哟！"

阿超急忙蹿过来扶他，嚷着说：

"你动来动去干什么？自己身上有伤，也不注意一下！你应该高兴才对，肚子上这一刀，总算给你蒙过去了，我打包票老爷不会再追究了！"

"因为他觉得不可思议，太丢脸了！"

"管他怎么想呢！只要暂时能够过关，就行了！"他弯腰去扶云飞，一弯腰，牵动浑身伤口，不禁跟着呻吟："哎哟，哎哟……"

齐妈奔过来：

"你们两个！给我都去躺着别动！"

主仆二人，相对一视。

"哈哈！没想到我们弄得这么狼狈！"阿超说。

云飞接口：

"人家是'哼哈二将'，我们快变成'哎哟二将'了！"

主仆二人，竟然相视而笑了。

第二天一清早，云翔就被纪总管找到他的偏厅来。

"救走了？阿超被人割断绳子救走了？怎么可能呢？谁会救他呢？"云翔气急败坏地问。

"所以，千万不要小看云飞的力量，这个家庭里，现在显然分为两派了，你有你的势力，他有他的势力！不要以为我们做什么，他们看不见，事实上，他的眼线一定也很多，就连阿文那些人，也不能全体信任！说不定就有内奸！"纪总管说。

"而且，今天一早，大昌大贵就进府了。现在，像两只虎头狗一样，守在云飞的房门口！小莲也被齐妈赶进厨房，不许出入上房！还不知道他们会对老爷怎么说，老爷会怎么想？"天尧接口。

云翔转身就走：

"我现在就去看爹，先下手为强！"

纪总管一把拉住他：

"你又毛躁起来了！你见了老爷怎么说？说是阿超摔了一跤，摔得脸上都是鞭痕吗？"

云翔一怔，愣了愣，转动眼珠看纪总管，惊愕地喊：

"什么？阿超脸上有鞭痕？怎么弄的？谁弄的？"

纪总管一笑，拍拍云翔的肩：

"去吧！自己小心应付……"

纪总管话没说完，院子里，家丁们大声通报：

"老爷来了！"

纪总管大惊，天尧、云翔都一愣。来不及有任何反应，房门已被拍得砰砰响。纪总管急忙跑去开门，同时警告地看了两人一眼。

门一开，祖望就大踏步走了进来，眼光敏锐地扫视三人：

"原来云翔在这儿！怎么？一早就来跟岳父请安了？"

纪总管感到祖望话中有话，一时之间，乱了方寸，不敢接口。云翔匆促间也不知道该说什么，有点慌乱：

"爹，怎么这么早就起床了？"

祖望瞪着云翔，恨恨地说：

"家里被你们两个儿子弄得乌烟瘴气，我还睡得着吗？"

"我弄了什么？"

"你弄了什么？不要把我当成一个老糊涂，好不好？我已经去过云飞那儿了……捉阿超，审阿超，打阿超，还不够吗？"他忽然掉头看天尧和纪总管，"你们好大胆子，敢在家里动用私刑！"

纪总管急忙说：

"老爷！你可别误会，我从昨晚起……"

祖望迅速打断，叹口气：

"纪总管！你们教训阿超，本来也没什么大了不起，可是不要太过分了！如果这阿超心里怀恨，你们可以暗算他，他也可以暗算你们！任何事，适可而止。这个屋檐底下，要有秘密也不太容易！"

纪总管闷掉了。

云翔开始沉不住气：

"爹！你不能净听云飞的话，他身上才有一大堆的秘密，你应该去调查他怎么受伤，他怎么……"

祖望烦躁地打断了他：

"我已经知道云飞是怎样受伤的，不想再追究这件事了！所以，这事就到此为止，谁都不要再提了！"

云翔惊奇：

"你知道了？那么，是谁干的？我也很想知道！"

"我说过，我不要追究，也不想再提了！你也不用知道！"

云翔、天尧、纪总管彼此互看，惊奇不解。

祖望就拍了拍云翔的肩，语重心长地说：

"昨天，你跟我说了一大篇话，说要和云飞讲和，说要改错什么的，我相信你是肺腑之言，非常感动！你就让我继续感动下去吧，不要做个两面人，在我面前是一个样，转身就变一个样！行吗？"

云翔立即诚恳地说：

“爹，我不会的！”

“那么，打阿超这种事情，不可以再发生了！你知道我对你寄望很深，不要让我失望！”再看了屋内的三个人一眼，“我现在只希望家里没有战争，没有阴谋，每个人都能健康愉快地过日子，这不算是奢求吧！”

祖望说完，转身大步出门去。纪总管慌忙跟着送出去。

室内的云翔和天尧，对看一眼：

“还好，你爹的语气，还是偏着你！虽然知道是我们打了阿超，可是，并没有大发脾气，就这一点看，我们还是占上风！”天尧说。

云翔想想，又得意起来：

“是啊！何况，我还修理了他们两个！”他一击掌，意兴风发地说：“走着瞧吧！路还长得很呢！”

12

雨凤有两天没有去巷口，她已经下定决心，不再和云飞见面了。好奇怪，云飞也没有来找她，或者，他卧病在床，实在不能行动吧！但是，阿超居然也没来。难道，云飞已经知道了她的决心，预备放弃她了？第三天，她忍不住到巷口去转了转。看不到马车，也看不到阿超，她失望地回到小屋，失魂落魄。于是，整天，她就坐在窗边的书桌前，聚精会神地看着那本《生命之歌》。这是一本散文集，整本书，抒发的是作者对"生命"的看法，其中有一段这样写着：

"我们觉得一样事物'美丽'，是因为我们'爱它'。花、鸟、虫、鱼、日、月、星、辰、艺术、文学、音乐、人与人……都是这样。我曾经失去我的挚爱，那种痛楚和绝望，像是掉进一个深不见底的黑洞里，所有的光明色彩声音全部消失，生命剩下的，只有一具空壳，什么意义都没有了……"

她非常震撼，非常感动，就对着书出起神来，想着云飞的种种种种。

忽然间，有两把匕首，亮晃晃地往桌上一放。发出啪的一响，把她吓了一大跳，她惊跳起来，就接触到雨鹃锐利的眸子。她愕然地看看匕首，看看雨鹃，结舌地问：

"这……这……这是什么？"

雨鹃在她对面一坐：

"这是两把匕首，我去买来的！你一把，我一把！"

"要干什么？"雨凤睁大眼睛。

"匕首是干什么的，你还会不知道吗？你瞧，这匕首上有绑带子的环扣，我们把它绑在腰上，贴身藏着。一来保护自己，二来随时备战！"

雨凤打了个寒颤：

"这个硬邦邦的东西，绑在腰上，还能跳舞吗？穿薄一点的衣服，不就看出来了吗？"

"不会，我试过了。这个匕首做得很好，又小又轻，可是非常锋利！如果你不愿意绑在腰上，也可以绑在腿上！这样，如果再和展夜枭面对面，也不至于像上次那样，找刀找不到，弄了个手忙脚乱！"

雨凤瞪着雨鹃：

"你答应过金银花，不在待月楼出事的！"

"对呀！可是我也说过，离开了待月楼，我高兴做什么就做什么！你焉知道不会有一天，我跟那个展夜枭会在什么荒郊野外碰面呢！"

"你怎么会跟他在荒郊野外碰面呢？太不可能了！"

"人生的事很难讲，何况，'机会'是可以'制造'的！"

雨鹃说着，就把匕首绑进衣服里，拉拉衣服，给雨凤看：

"你看！这不是完全看不出来吗？刚开始，你会有些不习惯，可是，带久了你就没感觉了！你看那些卫兵，身上又是刀，又是枪的，人家自在得很！来来来……"她拉起雨凤，"我帮你绑好！"

雨凤一甩手，挣脱了她，抗拒地喊：

"我不要！"

"你不要？你为什么不要？"

雨凤直视着她，几乎是痛苦地说：

"因为我做过一次这样的事，我知道用刀子捅进人的身体是什么滋味，我绝对不再做第二次！"

"即使是对展夜枭，你也不做吗？"

"我也不做！"

雨鹃生气，跺脚：

"你是怎么回事？"

雨凤难过地摇摇头：

"我也不知道我是怎么回事，我只知道，我一定做不出来！自从捅了那个苏慕白一刀以后，我看到刀子就发抖，连切个菜，我都会切不下去，我知道我不中用，没出息！我就是没办法！"

雨鹃提高声音，喊：

"你捅的是展云飞，不是苏慕白！你不要一直搞不清楚！"她走过去，一把抢走那本书："不要再看这个有毒的东西了！"

雨凤大急，伸手就去抢：

"我已经不去巷口等他们了，我已经不见他了！我看看书，总不是对你们的背叛吧？让我看……让我看……"她哀恳地看着雨鹃："我都听你的了，你不能再把这本书抢走！"

雨鹃废然松手。雨凤夺过了书，像是拿到珍宝般，将书紧紧地压在胸口。

"这么说，这把匕首你决定不带了？"雨鹃气呼呼地看着她。

"不带了。"

雨鹃一气，过去把匕首抓起来：

"你不带，我就带两把，一把绑在腰上，一把绑在腿上！遇到展夜枭，就给他一个左右开弓！"

雨凤呆了呆：

"你也不要走火入魔好不好？身上带两把刀，你怎么表演？万一跳舞的时候掉出来了，不是闹笑话吗？好吧！你一把，我一把，你带着，我收着！"

雨凤拿过匕首，那种冰凉的感觉，使她浑身一颤。她满屋子乱转，不知道要将它藏在哪儿才好。

她把匕首收进抽屉里，想想不妥，拿出来放进柜子里，想想，又不妥，拿出来四面张望，找不到合适的地方可藏，最后，把它塞在枕头底下的床垫下，再用枕头把它压着，这才松了口气。她收好了匕首，抬头看雨鹃，可怜兮兮地解释：

"我不要弟弟妹妹看到这个！万一小四拿来当玩具，会闯祸！"

雨鹃摸着自己腰上的匕首，一语不发。

第二天早上，萧家的五个姊弟都很忙。小三坐在院子中剥豆子。小四穿着制服，利用早上的时间，在练习射箭。小五缠在小四脚边，不断给小四喝彩，拍手，当啦啦队。雨鹃拿着竹扫把，在扫院子。雨凤在擦桌子，桌上，躺着那本《生命之歌》。

有人打门，雨鹃就近开门，门一开，阿超就冲进来了。雨鹃一看到阿超，气坏了，举起扫把就要打：

"你又来做什么？出去！出去！"

阿超轻松地避开她，看着小四，高兴地喊：

"还没去上课？在射箭吗？小四，有没有进步？"

三个孩子看到阿超，全都一呆。小五看到他脸上有伤，就大声惊呼起来：

"阿超大哥，你脸上怎么了？"

阿超心中一喜：

"小五！你这声'阿超大哥'，算我没有白疼你！"他摸摸自己的脸，不在意地说："这个吗？被人暗算了！"

雨凤看到阿超来了，整个脸庞都发亮了，眼睛也发光了。怕雨鹃骂她，躲在房里不敢出去。

雨鹃拿着扫把奔过来，举起扫把喊：

"跟你说了叫你出去，你听不懂吗？"

阿超抢过她的扫把一扔：

"你这么凶，快变成母夜叉了！整天气呼呼有什么好呢？

不是跟自己过不去吗？"

"你管我？"雨鹃生气地大嚷，"你就不能让我们过几天安静日子吗？"

"怎么没有让你们过安静日子？不是好几天都没有来吵你们吗？可是，现在不吵又不行了，有人快要难过得死掉了！"

"让他去死吧！反正每天都有人死，谁也救不了谁！你赶快走！不要在这儿乱撒迷魂药了！"

阿超想进去，雨鹃捡起扫把一拦，不许他进去。

"你让一下，我有话要跟雨凤姑娘说！"

"可是，雨凤姑娘没有话要跟你说！"

"你是雨凤姑娘的代言人吗？"

阿超有气，伸头喊："雨凤姑娘！雨凤姑娘！"

雨凤早已藏不住了，急急地跑了过来：

"你的脸……怎么了？"

"说来话长！被人暗算了，所以好几天都没办法过来！"

雨凤一惊：

"暗算？他呢？他好不好？"

"不好，真的不大好！也被人暗算了！"

"怎么一回事呢？被谁暗算了？你快告诉我！"雨凤更急。

"又是说来话长……"

雨鹃气呼呼地打断他：

"什么'说来话长'？这儿根本没有你说话的余地！带着你的'说来话长'滚出去！我要关门了！如果你再赖着不走，我就叫小四去通知金银花……"

阿超锐利地看雨鹃，迅速地接口：

"预备要郑老板派人来揍我一顿吗？"

"不错！你不要动不动就往我们家横冲直撞，你应该知道自己受不受欢迎。什么暗算不暗算，不要在这儿编故事来骗雨凤了，她老实，才会被你们骗得团团转……"

阿超瞪着雨鹃，忽然忍无可忍地爆发了：

"雨鹃姑娘，你实在太霸道，太气人了！我从来没看过像你这样蛮不讲理的姑娘！你想想看，我们对你们做过什么坏事？整个事件里的受害者，不是只有你们，还有我们！"忽然拉开上衣，露出伤痕累累的背脊："看看这个，不是我做出来骗你们的吧？"

雨凤、雨鹃、小三、小四、小五全都大惊。小五大叫：

"阿超大哥，你受伤了！大姊！赶快给阿超大哥上药！"

"有人用鞭子抽过你吗？是怎么弄伤的？你有没有打还他？"小三急呼。

小四更是义愤填膺：

"你跟谁打架了？你怎么不用你的左勾拳和连环腿来对付他们呢？还有你的铁头功呢？怎么会让他们伤到你呢……"

三个孩子七嘴八舌，全都忘了和阿超那个不明不白的仇恨，个个真情流露。

阿超迅速地穿好衣服，看着三个孩子，心中安慰极了，再四面看看："这四合院里，现在只有你们吗？"

"是！月娥、珍珠、小范他们都是一早就去待月楼了。你快告诉我，你碰到什么事了？谁暗算了你？"雨凤好着急。

阿超咬牙切齿，一个字一个字地吐出来：

"展云翔！"

五个兄弟姊妹全都一震。雨鹃也被阿超的伤所震撼了，定睛看他：

"你没有骗我们？真的？你背上的伤，是用什么东西伤到的？"

"我没有骗你们，背上的伤，是展夜枭用马鞭抽的！"他一本正经地说。

"那……他呢？不会也这样吧？"雨凤心惊胆战。

"实在……说来话长，我可不可以进去说话了？"

雨鹃终于让开了身子。

阿超进了房。于是，云飞被暗算，自己被毒打，全家被惊动，祖望相信了云飞"自刺"的话，答应不再追究……种种种种，都细细地说了。雨凤听得惊心动魄，雨鹃听得匪夷所思，三个孩子一知半解，立刻和阿超同仇敌忾起来，个个听得热血沸腾，义愤填膺。

阿超挨的这一顿毒打，收到的效果还真不小，雨鹃那种剑拔弩张的敌意，似乎缓和多了。而雨凤，在知道云飞"伤上加伤"以后，她是"痛上加痛"，听得眼泪汪汪，恨不得插翅飞到云飞床边去。想到云飞在这个节骨眼，仍然帮自己顶下捅刀子的过失，让自己远离责任，就更是全心震动。这才知道，所谓"魂牵梦萦""柔肠寸断"，是什么滋味了。

当阿超在和雨凤姊弟，畅谈受伤经过的时候，云飞也拗不过梦娴的追问，终于把自己受伤的经过，坦白地告诉了母亲。梦娴听得心惊肉跳，连声喊着：

"什么？原来捅你一刀的是雨凤？这个姑娘太可怕了，你还不赶快跟她散掉！你要吓死我吗？"

"我就知道不能跟你说嘛，说了就是这种反应！你听了半天，也不分析一下人家的心态，也不想一想前因后果，就是先把她否决了再说！"云飞懊恼地说。

"我很同情她的心态，我也了解她的仇恨，和她的痛苦……可是，她要刺杀你呀！我怎么可能允许一个要刺杀你的人接近你呢？不行不行，我们给钱，我们赔偿他们，弥补他们，然后，你跟他们走得远远的！我去跟你爹商量商量……"她说着就走。

云飞一急，跳下地来，伸手一拦：

"娘！你不要弄得我的伤口再裂一次，那大概就要给我办后事了！"

梦娴一吓，果然立即止步：

"你赶快去床上躺着！"

"你要不要好好听我说呢？"

"我听，我听！你上床！"

云飞回到床上：

"这件事情，我想尽办法要瞒住爹，就因为我太了解爹了！他不会跟我讲道理，也不会听我的解释和分析，他和你一样，先要保护我，他会釜底抽薪！只要去一趟警察厅，去一趟县政府，或者其他的单位，萧家的五个孩子，全都完了！我只要一想到这个，我就会发抖。所以，娘，如果你去告诉爹，就是你拿刀子来捅我了！"

"哪有那么严重！你故意要讲得这么严重！"梦娴惊怔地说。

"就是这么严重！我不能让他们五个，再受到丝毫的伤害！"他深深地看着梦娴，"娘！你知道吗？雨凤带着刀去寄傲山庄，她不是要杀我，她根本不知道我会去，她是发现我的真实身份，就痛不欲生了！她是去向她爹忏悔，告罪。然后，预备一刀了断自己！如果我在她内心不是那么重要，她何至于发现我是展家的人，就绝望到不想活了？她真正震撼我的地方就在这儿，不是她刺我一刀，而是我这个人，主宰了她的生命！我只要一想到她可以因为我是展云飞而死，我就可以为她死！"

"你又说得这么严重！用这么强烈的字眼！"梦娴被这样的感情吓住了。

"因为，对我而言，感情就是这样强烈的！她那样一个柔柔弱弱的姑娘，可以用她的生命来爱……雨鹃，她也震撼我，因为她用她的生命来恨！她们是一对奇怪的姊妹，被我们展家的一把火，烧出两个火焰一样的人物！又亮又热，又灿烂，又迷人，又危险！"

"对呀！就是'危险'这两个字，我听起来心惊胆战，她会捅你一刀，你怎么能娶她呢？如果做了夫妻，她岂不是随时可以给你一刀？"

云飞累了，沮丧了，失望地说：

"我跟你保证，她不会再捅我了！"

"我好希望你能够幸福！好希望你有个甜蜜的婚姻，有个很可爱的妻子，为你生儿育女……但是，这个雨凤，实在太复杂了！"

"没办法了！我现在就要这个'复杂'，要定了！但是……"他痛苦地一仰头，"我的问题是，她不要我！她恨死了展云飞！我的重重关卡，还一关都没过！所以，娘，你先别为了我'娶她'之后烦恼，要烦恼的是，怎样才能'娶她'！"

一声门响，两个人都住了口。

进来的是阿超。他的神色兴奋，眼睛闪亮。云飞一看到他，就整个人都紧张起来了：

"怎样？你见到雨凤了吗？不用避讳我娘了，娘都知道了！"

"我见到了！"

"她怎样？"云飞迫切地问。

"她又瘦又苍白，不怎么样！雨鹃姑娘拦着门，拿扫把打我，不让我见她，对我一阵乱吼乱叫，骂得我狗血淋头，结果……"

"结果怎样？"云飞急死了。

"我一气，就回来了！"

云飞瞪大眼睛，失望得心都沉进了地底：

"哎！你怎么这么没用？"

阿超嘻嘻一笑，从口袋中取出一张信笺，递了过去：

"对我有点信心好不好？做你的信差，哪次交过白卷呢？她要我把这个交给你！"

云飞瞪了阿超一眼，一把抢过信笺，急忙打开。

信笺上，娟秀的笔迹，写着四句话：

忆了千千万，恨了千千万，

毕竟忆时多，恨时无奈何！

云飞把信笺往胸口紧紧一压，狂喜地倒上床：

"真是一字千金啊！"

阿超笑了。

梦娴对这样的爱，不能不深深地震撼了。那个"复杂"、会唱歌、会编曲、会拿刀捅人、会爱会恨，还是"诗意"的、"文学"的她到底是个怎样的姑娘啊！

这个姑娘，每晚在待月楼，又唱又跳，娱乐佳宾。

这晚，待月楼依旧宾客盈门，觥筹交错。

在两场表演中间的休息时间，雨凤姊妹照例都到郑老板那桌去坐坐。现在，她们和郑老板的好友们，已经混得很熟了。在郑老板有意无意的示意下，大家对这两姊妹也有一些忌讳，不再像以前那样动手动脚了。

郑老板和他的客人们已经酒足饭饱，正在推牌九。赌兴正酣，金银花站在一边，吆喝助阵。雨凤、雨鹃两姊妹作陪，还有一群人围观，场面十分热闹。郑老板已经赢了很多钱。

桌上的牌再度开牌，郑老板坐庄，慢慢地摸着牌面，看他的底牌。面上的一张牌是"虎牌"。所谓虎牌，就是十一点，牌面是上面五点，下面六点。

雨鹃靠在郑老板肩上，兴高采烈地叫着：

"再一张虎牌！再一张虎牌！"

"不可能的！哪有拿对子那么容易的！"高老板说。

"看看雨鹃这金口灵不灵?"郑老板呵呵笑着。他用大拇指压着牌面，先露出上面一半，正好是个"五点"！全场哗然。

"哈哈！不是金口，也是银口！一半已经灵了！"金银花说。

郑老板再慢吞吞地开下一半，大家都伸长了脑袋去看。

"来个四点，正好是瘪十！"许老板喊。

"四点！四点！"赌客们叫着。

"瘪十！瘪十！瘪十……"高老板喊。

大家各喊各的，雨鹃的声音却特别响亮，她感染着赌钱的刺激，涨红了脸，兴奋地喊着：

"六点……六点……六点……一定是六点！虎儿来！虎儿来！虎儿到！虎儿到……"

郑老板看牌，下面一半，赫然是个"六点"。

啪的一声，郑老板把牌重重掷下，大笑抬头：

"真的是虎儿来，虎儿到！虎牌！"他看看其他三家："对不起，通吃！"

桌上的钱，全部扫向郑老板。围观者一片惊叹声。

"郑老板，你今晚的手气简直疯了！"高老板说。

许老板输得直冒汗，喊：

"雨鹃，你坐到我旁边来，好不好？也带点好运给我嘛！"

金银花笑得花枝乱颤，说：

"雨鹃，你过去，免得他输了不服气！"

雨鹃看了郑老板一眼，身子腻了腻。

"我不要……人家喜欢看兴家的牌嘛！"

郑老板大笑，高兴极了，拍拍她的手背：

"你是我的福星，就坐这儿！"他把一张钞票塞进雨鹃的衣领里："来，给你吃红！"

雨鹃收了钞票，笑着：

"下面一把，一定拿皇帝！"

"再拿皇帝，我们大家都不要赌了，散会吧！"许老板叫。

"好嘛！好嘛！那就拿个大牌好了！"雨鹃边笑边说。

郑老板被逗得开心大笑。

雨凤什么话都不说，安安静静地坐在那儿，看着雨鹃。一脸的难过。

大家又重新洗牌，正在赌得火热，欢欢喜喜的时候，忽然，一个声音嚣张地响了起来：

"小二！小二！先给我拿一壶陈绍，一壶花雕来！那酱牛肉、腰花、猪蹄、鸡翅膀、鸭舌头、豆腐干、葱烤鲫鱼……通通拿来！快一点！"

所有的人都回头去看。只见云翔、天尧，带着四五个随从，占据了一张大桌子，正在那儿呼三喝四。

雨鹃身子一挺，雨凤僵住。姊妹俩的脸孔都在一瞬间转白。

金银花警告地看了姊妹俩一眼，立即站起身来，眉开眼笑地迎向云翔：

"哟！今晚什么风，把展二爷给吹来了？赶快坐坐坐！"

她回头喊："小范，叫厨房热酒！珍珠、月娥，上菜啊！有什么就去给我拿什么上来，没有什么就去给我做什么！大家动作快一点，麻利一点！"

珍珠、月娥、小范一面高声应着，一面走马灯似的忙碌起来。

云翔看看金银花，看看郑老板那桌，大声地说：

"不知道可不可以请两位萧姑娘，也到我们这桌来坐一坐？"

郑老板眼光一沉。雨鹃和雨凤交换了一个注视。郑老板歪过头去，看雨鹃：

"你怎么说？要我帮你挡了吗？"

雨鹃眼珠一转，摇摇头，很快地说：

"不用了。我过去！"

"不许闹事！"郑老板压低声音。

"我知道。"

雨鹃起身，雨凤立刻很不放心地跟着起身：

"我跟你一起去！"

郑老板抬头，对屋角一个大汉使了一个眼色，立即，有若干大汉不受注意地，悄悄地散立在云翔那桌的附近。

天尧眼观四面，耳听八方，对云翔低声说：

"伏兵不少，你收敛一点！"

云翔顿时莫名其妙地兴奋起来：

"唔，很好玩的样子！有劲！"

姊妹俩过来了，雨鹃已经理好自己纷乱的情绪，显得镇定而且神采奕奕，对云翔嘻嘻一笑，清脆地说：

"我老远就听到有鸟叫，叫得吱呀吱的，我还以为有人在打猎，猎到夜枭还是猫头鹰什么的，原来是你展某人来了！"

她伸手就去倒酒，抬眼看众人："好像都见过面哦！几个月以前，寄傲山庄的一把火，大家都参加过，是不是？我敬各位一杯。祝大家夜里能够睡得稳，不会做噩梦！家宅平安，不会被一把野火烧得一干二净！"

雨鹃举杯一口干了，向大家照照杯子，再伸手去倒酒。

天尧和满桌的人，都惊奇地看着她，不知该如何反应。

云翔被这样的雨鹃吸引着，觉得又是意外，又是刺激，仰头大笑：

"哈哈！火药味挺重的！见了面就骂人，太过分了吧！我今晚可是来交朋友的！来来来，不打不相识，我们算是有缘！我倒一杯酒，敬你们姊妹两个！这杯酒干了，让我们化敌为友，怎么样？"他抬头，一口干了杯子。

雨凤瞪着他，尽管拼命努力克制着自己，仍然忍不住冲口而出：

"你为什么不在自己的树洞里，好好地躲着，一定要来招惹我们呢？表示你很有办法，有欺负弱小的天才吗？对着我们姊妹两个，摇旗呐喊一下，会让你成英雄吗？看着别人痛苦，是你的享受吗？"

云翔怔了怔，又笑：

"哟，我以为只有妹妹的嘴巴厉害，原来这姊姊的也不弱！"他举杯对雨凤，嬉皮笑脸地："长得这么漂亮，又会说、又会唱，怪不得会把人迷得神魂颠倒！其实，哥哥弟弟是差不多的，别对我太凶哟！嫂子！"

这"嫂子"二字一出，姊妹俩双双变色。雨凤还来不及说什么，雨鹃手里的酒，已经对着云翔泼了过去。

云翔早有防备，一偏身就躲过了，顺手抓住了雨鹃的手腕：

"怎么？还是只有这一招啊！金银花，你应该多教她几招，不要老是对客人泼酒！这酒吗，也挺贵的，喝了也就算了，泼了不是太可惜吗？"

金银花急忙站起身，对雨鹃喊：

"雨鹃！不可以这样！"又转头对云翔，带笑又带嗔地说："不过，你每次来，我们这儿好像就要遭殃，这是怎么回事呢？你是欺负咱们店小，还是欺负咱们没有人撑腰呢？没事就来我们待月楼找找麻烦，消遣消遣，是不是？"

另一桌上，郑老板谈笑自若地和朋友们继续赌钱，眼角不时瞟过来。

云翔仍然紧握住雨鹃的手腕，对金银花一哈腰，笑容满面地说：

"千万不要动火！我们绝对不敢小看待月楼，更不敢跑来闹事！我对你金银花，或者是郑老板，都久仰了！早就想跟你们交个朋友！今晚，面对美人，我有一点儿忘形，请原谅！"

金银花见他笑容满面，语气祥和，就坐了回去。

雨鹃忽然斜睨着他，眼珠一转，风情万种地笑了起来：

"你抓着我的手，预备要抓多久呢？不怕别人看笑话，也不怕我疼吗？"

云翔凝视她：

"嗬！怎么突然说得这么可怜？我如果松手，你大概会给我一耳光吧？"

雨鹃笑得好妩媚：

"在待月楼不会，我答应过金大姊不闹事。在什么荒郊野外，我就会！"

云翔抬高了眉毛，稀奇地说：

"这话说得好奇怪，很有点挑逗的意味，你不是在邀我去什么荒郊野外吧？"

"你哪里敢跟我去什么荒郊野外，你不怕我找人杀了你？"雨鹃笑得更甜了。

"我看你确实有这个打算！是不是？你不怕在你杀我之前，我先杀了你？"

雨凤听得心惊胆战，突然一唬地站起身来：

"雨鹃，我们该去换衣服，准备上场了！"

金银花慌忙接口：

"是啊是啊！赶快去换衣服！"

雨鹃站起身，回头看云翔，云翔就松了手。雨鹃抽回手的时候，顺势就在他手背上，轻轻一摸。接着，嫣然一笑，转身去了。

云翔看着她的背影，心底，莫名其妙地兴奋起来。

两姊妹隐入后台，郑老板已经站在云翔面前，笑着喊：

"金银花！今晚，展二爷这桌酒，记在我的账上，我请客！展二爷，刚刚听到你说，想跟我交个朋友！正好，我也有这个想法。怎样？到我这桌来坐坐吧！有好多朋友都想认识你！"

云翔大笑，站起身来：

"好啊！看你们玩得高兴，我正手痒呢！"

"欢迎参加！"郑老板说。

天尧向云翔使眼色，示意别去，他只当看不见，就大步走到郑老板桌来。郑老板开始一一介绍，大家嘻嘻哈哈，似乎一团和气。云翔落座，金银花也坐了回来，添酒添菜。小范、珍珠、月娥围绕，一片热闹。大家就赌起钱来。

雨凤和雨鹃回到化妆间，雨凤抓住雨鹃的手，就激动万分地说：

"你在做什么？勾引展夜枭吗？这一着棋实在太危险，我不管你心里怎么想的，不管你有什么计划，你都给我打消！听到没有？你想想，那个展夜枭是白痴吗？他明知道我们恨不得干掉他，他怎么会上你的当呢？你会吃大亏的！"

雨鹃挣开她的手，去换衣服，一边换，一边固执地说：

"不入虎穴，焉得虎子！"

雨凤更急了，追过来说：

"雨鹃！不行不行呀！你进了虎穴，会被吃得骨头都不剩，别说虎子了，什么'子'都得不到的！那个展夜枭，什么样的女人没见过，家里还有一个以漂亮出名的太太……他不会对你动心的，他会跟你玩一个'危险游戏'，弄不好，你就赔了夫人又折兵！"

雨鹃抬头看她，眼睛闪亮，神情激动，意志坚决：

"我不管！只要他想玩这个'危险游戏'，我就有机会！"

她四周看看，把手指压在唇上："这儿不是谈话的地方，我们不要谈了，好不好？你不要管我，让我赌它一场！"

雨凤又急又痛又担心：

"这不是一场赌，赌，有一半赢的机会！这是送死，一点机会都没有！还有……"她压低声音说，"你跟郑老板又在玩什么游戏？你不知道他大老婆小老婆一大堆，年纪比我们爹小不了多少，你到底在想些什么？做些什么？"

"嘘！不要谈了！你怎么还不换衣服？来不及了！"

雨凤感到伤心、忧虑，而且痛楚：

"雨鹃，我好难过，因为……我觉得，你在堕落。"

雨鹃猛地抬头，眼神凌厉：

"是！我在堕落！因为这是一个很残酷的世界，要生存，要不被别人欺压凌辱，只能放弃我们那些不值钱的骄傲，那些叫作'尊严'什么的狗屁东西……为达目的，不择手段！"

雨凤睁大眼睛看她，觉得这样的雨鹃好陌生：

"你觉得，如果爹还在世，他会允许我们堕落吗？"

"别提爹！别说'如果'！不要被你那个有'如果论'的人所传染！'如果'是不存在的！我们的爹，也不存在了！但是……"她贴到雨凤耳边，低低地，阴沉沉地说，"那个杀爹的凶手却存在，正在外面喝酒作乐呢！"

雨凤激灵灵地打了个寒颤。

雨鹃抬头一笑，眼中隐含泪光：

"你快换衣服，我们上台去，让他们乐上加乐吧！"

于是，姊妹俩压制住了所有的心事，上了台，唱了一段《梁山伯与祝英台》里的《十八相送》。照例把整个大厅，唱得热烘烘。这晚的雨鹃特别卖力，唱作俱佳，眼光不住地扫向郑老板那桌，引得全桌哄然叫好。郑老板和云翔，都不由自主地停止了赌钱，凝视着台上。

云翔大声喝彩，忍不住赞美：

"唱得真好，长得也真漂亮！身段好、声音好、表情好……唔，有意思！怪不得轰动整个桐城！"

郑老板微笑地盯着他：

"待月楼有这两个姑娘，真的是生色不少！可是，找麻烦的也不少，争风吃醋的也不少……"

云翔哈哈一笑，接口：

"有郑老板撑着，谁还敢老虎嘴里拔牙呢？"

郑老板也哈哈一笑：

"好说！好说！就怕有人把我当纸老虎呢！"

两人相视一笑，都明白了对方的意思。

台上的雨凤雨鹃，唱完最后一段，双双携手，再对台下鞠躬。在如雷的掌声中，退进后台去了，郑老板对金银花低语了一句，金银花就跟到后台去了。

郑老板这才和云翔继续赌钱。

云翔的手气实在不错，连赢了两把，乐得开怀大笑。

雨凤雨鹃穿着便装出来了。郑老板忙着招手：

"来来来！你们两个！"

姊妹俩走到郑老板身边，雨凤坐下。雨鹃特别选了一个靠着云翔的位子坐下。郑老板就正色地说：

"听我说，雨凤雨鹃，今天我做个和事佬，你们卖我个面子，以后和展家的梁子，就算过去了！你们说怎样？"

两姊妹还没说话，金银花就接了口：

"对呀！这桐城，大家都知道，'展城南，郑城北'，几乎把一个桐城给分了！今天在我这个待月楼里，我们来个'南北和'！我呢，巴不得大家都和和气气，轮流在我这儿做个小东，你们开开心心，我也生意兴旺！"

郑老板笑了：

"金银花这算盘打得真好！重点在于要'轮流做东'，大家别忘了！"

满桌的客人都大笑起来，空气似乎融洽极了。云翔就笑嘻嘻地去看雨鹃：

"你怎么说呢？要我正式摆酒道歉吗？"

雨鹃笑看郑老板，又笑看云翔：

"这就为难我了！我要说不呢，郑老板会不高兴，我要说好呢，我自己会怄得口吐鲜血、一命呜呼……"

“有这么严重吗？”云翔问。

“怎么不严重！”雨鹃对着他一扬眉毛，就唱着小调，唱到他脸上去，“冤家啊……恨只恨，不能把你挫磨成粉，烧烤成灰！”

云翔被惹得好兴奋，伸手就去搂她：

“唱得好！如果真是你的‘冤家’，就只好随你蒸啊煮啊，烧啊烤啊，煎啊炸啊……没办法了！”

大家都哄笑起来，雨鹃也跟着笑，郑老板就开心地说：

“好了！笑了笑了！不管有多大的仇恨，一笑就都解决了！金银花，叫他们再烫两壶酒来！我们今晚，痛痛快快地喝一场！”

“再高高兴兴地赌一场！”云翔接口。

顿时间，上酒的上酒，洗牌的洗牌，一片热闹。

雨鹃在这一片热闹中，悄悄地将一张小纸条，塞进云翔手中。在他耳边，低语了一句：

“回去再看，要保密啊！”

云翔一怔，看着风情万种的雨鹃，整个人都陷进了亢奋里。他哪里能等到回家，趁去洗手间的时候，就打开了雨鹃的纸条，只见上面写着：

“明天午后两点，在城隍庙门口相候，敢不敢一个人前来？”

云翔笑了，兴奋极了：

“哈！这是一个‘猫捉老鼠’的游戏！她以为她是猫，想捉我这只老鼠！她根本不知道，我才是猫，准备捉她这只老鼠！有意思！看看谁厉害！"

云翔回到桌上，给了雨鹃一个"肯定"的眼色。

雨凤看得糊里糊涂，一肚子的惊疑。

13

这天深夜，回到家里，姊妹两个都是心事重重。雨鹃坐在镜子前面，慢吞吞地梳着头发，眼光直直地看着镜中的自己，眼神深不可测。雨凤盯着她，看了好久好久，实在熬不住，走上前去，一把握住她的肩：

"雨鹃！你有什么计划？你告诉我！"

"我没有什么计划，我走一步算一步！"

"那……你要走哪一步？"

"还没想清楚！我会五六步棋同时走，只要有一步棋走对了，我就赢了！"

"如果你通通输了呢？"雨凤害怕地喊。

雨鹃好生气，把梳子往桌上一扔：

"你说一点好话好不好？"

雨凤一把拉住她，哀恳地喊：

"雨鹃！我们干脆打消复仇的念头吧！那个念头会把我们

全体毁灭的！"

"你这是什么意思？"

雨凤抓着她的胳臂，激动地摇了摇：

"你听我说！自从爹去世以后，我们最大的痛苦，不是来自生活的艰难，而是来自我们的仇恨心，我们的报复心！我们一天到晚想报仇，但是，又没有报仇的能力和方法，所以，我们让自己好苦恼。有时，我难免会想，假若我们停止去恨，会不会反而解救了我们，给我们带来海阔天空呢？"

雨鹃迎视雨凤，感到不可思议，用力地说：

"你在说些什么？停止仇恨！仇恨已经根深蒂固地在我的血里、我的生命里！怎么停止？要停止这个仇恨，除非停止我的生命！要我不报仇，除非让我死！"

雨凤震动极了，雨鹃愤怒地质问：

"你已经不想报仇了，是不是？你宁愿把火烧寄傲山庄的事，忘得干干净净，是不是？"

"不是！不是！"雨凤摇头，悲哀地说，"爹的死，正像你说的，已经烙在我们的血液里、生命里，永远不会忘记！可是，报仇是一种实际的行动，这个行动是危险的，是有杀伤力的，弄得不好，仇没报成，先伤了自己！何况，弟妹还小，任何鲁莽的行为，都会连累到他们！我自己有过一次鲁莽的行为，好怕你再来一次！"

"你放心吧！我不会像你那样，弄得乱七八糟！"

"可是，你已经把自己变成了另外一个人！我看着你对郑老板送秋波，又看到你对那个展夜枭卖弄风情，我都不知道你在做什么，只知道一件事，我快要心痛得死掉了，我不要我的妹妹变成这样！我喜欢以前那个纯真快乐的萧雨鹃！让那个雨鹃回来吧！我求求你！"

雨鹃眼中含泪了，激烈地说：

"那个雨鹃早就死掉了！在寄傲山庄着火的那一天，就被那把火烧死了！再也没有那个萧雨鹃了！"

"有的！有的！"雨凤痛喊着，"你的心里还有温柔，你对弟妹还有爱心！我们让这份爱扩大，淹掉那一份恨，我们说不定会得救，说不定会活得很好……"

"那个展夜枭如此得意，如此张狂，随时出现在我们的面前，把我们像玩物一样地逗弄一番，我们这样忍辱偷生，怎么可能活得很好？"

"或者，我们可以换一个职业……"

"不要说笑话了！或者，我们可以去绮翠院！还有一条路，你可以嫁到展家去，用展家的钱来养活弟妹！"

雨凤一阵激动：

"你还在对我这件事怄气，是不是？我赌过咒，发过誓，说了几千几万次，我不会嫁他，你就是不信，是不是？"

"反正，我看你最后还是逃不出他的手掌心！你敢说你现在不爱他，不想他吗？"

"我们不要把话题岔开，我们谈的不是我的问题！"

"怎么不是你的问题？我们谈的是我们两个的问题！你有你的执迷不悟，我有我的执迷不悟，我们谁也劝不了谁！所以，别说了！"

雨凤无话可说了。姊妹俩上了床，两个人都翻来覆去，各人带着各人的执迷不悟，各人带着各人的煎熬痛楚，眼睁睁地看着窗纸被黎明染白。

早上，有人敲门，雨凤奔出去开门。门一开，她就怔住了。

门外，赫然站着云飞和阿超。

雨凤深吸口气，抬头痴望云飞，不能呼吸了，恍如隔世。他来了！他终于来了！

云飞注视她，低沉而热烈地开了口：

"雨凤！总算……又见到你了！"

雨凤只是看着他，眼里，凝聚着渴盼和相思，嘴里，却不能言语。

"你好吗？"云飞深深地，深深地凝视她，"不好，是吗？你瘦多了！"

雨凤的心，一阵抽搐，眼泪立刻冲进眼眶：

"你才瘦了，你……怎么又跑出来了？为什么不多休息几天？伤口怎样？"

"见到你，比在床上养伤，有用多了！"

雨鹃在室内喊：

"谁来了？"

雨鹃跑出来，在她身后，小三、小四、小五通通跟着跑了出来。小五一看到云飞，马上热烈地喊：

"慕白大哥，你好久没来了！小兔儿一直在想你呢！"

"是吗？"云飞走进门，激动地抱了抱小五，"小兔儿跟你怎么说的?"

"它说：慕白大哥怎么不见了呢？是不是去帮我们打妖怪去了！"

"它真聪明！答对了！"云飞看到小五真情流露，心里安慰极了。

小四一看到阿超，就奔了过去。

"小四！怎么没去上学?"阿超问。

"今天是十五，学校休息。"

"瞧我，日子都过糊涂了！"阿超敲了自己一下。

"我跟你说，那个箭靶的距离是真的不够了，我现在站在这边墙根，几乎每次都可以射中红心！这样不太刺激，不好玩了！"小四急急报告。

"真的吗？那我们得把箭靶搬到郊外去，找一个空地，继续练！现在不只练你的准确度，还要练你的臂力！"

"身上的伤好了没有?"小四关心地看他。

"那个啊，小意思！"

阿超就带着小四去研究箭靶。

小三跑到云飞面前，想和云飞说话，又有一点迟疑，回头看雨鹃，小声地问：

"可以跟他说话吗？到底他是苏大哥，还是展混蛋?"

雨鹃一怔，觉得好困扰。还来不及回答，云飞已诚恳地喊：

"小三、小四、小五，你们都过来！"

小五已经在云飞身边了，小三和小四采取观望态度，不住看看雨鹃，看看云飞。

"我这些天没有来看你们，是因为我生病了！可是，我一直很想你们，一直有句话要告诉你们，不管我姓什么，我就是你们认识的那个慕白大哥！没有一点点不同！如果你们喜欢过他，就喜欢到底吧！我答应你们，只要你们不排斥我，我会是你们永远的大哥！"云飞真挚已极地说。

小三忍不住接口了：

"我知道，你是苏慕白，你写了一本书：《生命之歌》！大姊每天抱着看，还背给我们听！我知道你不是坏人！大姊说，能写那本书的人，一定有一颗善良的心！"

云飞一听，震动极了，回头去热烈地看雨凤，四目相接，都有片刻心醉神驰。

小四走到云飞身前，看他：

"我听阿超说了，你们都被暗算了！两个人都受了伤。你住在这样一个地方不是很危险吗？你的伤口好了没有？"

云飞好感动：

"虽然没有全好，但是已经差不多了！"

雨鹃看到这种状况，弟妹们显然没办法去恨云飞，这样敌友不分，以后要怎么办？她一阵烦恼，不禁一叹。

云飞立刻向她迈了一步，诚心诚意地说：

"雨鹃！就算你不能把我当朋友，最起码也不要把我当敌人吧！好吗？你一定要了解，你恨的那个人并不是我！知道寄傲山庄被烧之后，我的懊恼和痛恨跟你们一样强烈！这些日子跟你们交朋友，我更是充满了歉意，这种歉意让我也好痛苦！如果不是那么了解你们的恨，我也不会隐姓埋名。我实在是有我的苦衷，不是要欺骗你们！"

雨鹃好痛苦。事实上，听过阿超上次的报告，她已经很难去恨云飞了。但是，要她和一个展家的大少爷"做朋友"，实在是"强人所难"。一时之间，她心里伤痛而矛盾，只能低头不语。

雨凤已经热泪盈眶了。

云飞看到雨鹃不说话，脸上，依旧倔强。就叹了口气，回头看雨凤：

"雨凤！我们出去走走，好不好？有好多话想跟你谈一谈！"

雨凤眼睛闪亮，呼吸急促，跑过去握住雨鹃的手，哀求地问：

"好不好？好不好？"

"你干吗问我？"雨鹃一甩手，跑到屋里去。

雨凤追进屋里，拉住她：

"要不然，我回来之后，你会生气呀！大家都会不理我呀！我受不了你们大家不理我！受不了你说你们大家的分量赶不上一个他！"她痛定思痛，下决心地说："我跟你说，我再见他这一次就好！许多话必须当面跟他说清楚不可！见完这一次，我就再也不见他了。我去跟他了断！真的！"

雨鹃悲哀地看着她：

"你了断不了的！见了他，你就崩溃了！"

"我不会！我现在已经想清楚了，我知道我跟他是没有未来的！我都明白了！"

雨鹃叹了口气：

"随你吧！全世界都敌友不分，我自己也被你们搞得糊里糊涂！只好各人认自己的朋友，报自己的仇好了，我也不管了！"

雨凤好像得到皇恩大赦一般：

"那……我出去走走，尽快回来！"

雨鹃点头。雨凤就跑出去，拉着云飞：

"我们走吧！"

他们又去了西郊的玉带溪畔。

两人站在大树下，相对凝视，久久，久久。

云飞眼中燃烧着热情，不能自已。终于将她拥进怀中，紧紧地抱着：

"从来没有觉得日子这么难挨过！好想你，真的，好想好想你！"

她融化在这样的炙热里，片刻，才挣脱了他：

"你的伤，到底怎样？阿超说你再度流血，我吓得魂都没有了！你现在跑出来，有没有关系？大夫怎么说？"

"如果我告诉你，我完全好了，那是骗你的！我还是会痛，想到你的时候，就痛得更厉害！不想到你的时候很少，所以一直很痛！"

她先还认真地听，听到后面，脸色一沉：

"难得见一面，你还要贫嘴！"

他脸色一正，诚恳地说：

"没有贫嘴，是真的！"

她心中酸楚，声音哽咽：

"你这个人真真假假，我实在不知道你哪句话是真的，哪句话是假的？实在不知道应不应该相信你！"

云飞激动地把她的双手合在自己手中：

"这些日子，我躺在床上，想了很多很多事情。我好后悔，应该一上来就对你表明身份，不该欺骗你！可是，当时我真的不敢赌！好怕被你们的恨，砍杀得乱七八糟，结果，还是没有逃过你这一刀！"

她含泪看他，不语。

"原谅我了没有？"他低声地问。

她愁肠百结，不说话。

"你写了二十个字给我，我念了两万遍。你所有的心事，我都念得清清楚楚。"他把她的手拉到胸前，一个激动，喊，"雨凤，嫁我吧！我们结婚吧！"

她大大一震：

"你说什么？我怎么可能嫁你？怎么可能结婚？"

"为什么不可能？"

雨凤睁大眼睛看着他，痛楚地提高了声音：

"为什么不可能？因为你姓展！因为你是展家的长子，展家的继承人！因为我不可能走进展家的大门，我不可能喊你的爹为爹，认你的娘为娘，把展家当自己的家！你当初不敢告诉我你姓展，你就知道这一点！今天，怎么敢要求我嫁给你！"

云飞痛苦地看着她，迫切地说：

"如果我们在外面组织小家庭呢？你不需要进展家大门，我们租个房子，把弟弟妹妹们全接来一起住！这样行不行呢？"

"这样，你就不姓展了吗？这样，我就不算是展家的媳妇了吗？这样，我就逃得开你的父母，和你那个该死的弟弟吗？不行！绝对不行！"

"我知道了，你深恶痛绝的，是我这个姓！你认识我的时候，我姓苏，你希望我永远姓苏！"

"好遗憾，你不姓苏！"

云飞急了，正色说：

"雨凤，你也读过书，你知道，中国人不能忘本，天下无不是的父母。你不会爱一个不认自己父母的男人！如果我连父母都可以不认，我还值得你信赖吗？"

"我们不要谈信赖与不信赖的问题，这个问题离我们太遥远了！坦白说，我今天再跟你见这一面，是要来跟你做个了断的！"

"什么？了断？"他大吃一惊。

"是啊！这真的是最后一次见你了！我要告诉你，并不是我恨你，我现在已经不恨了！我只是无可奈何！在你这种身份之下，我没有办法跟你谈未来，只能跟你分手……"

"不不！这是不对的！"他急切地打断了她，"人生的道路，不能说走不通就停止不走了！我和你之间，没有'了断'这两个字，已经相遇，又相爱到这个地步，如何'了'？如何

'断'？我不跟你了断，我要跟你继续走下去！"

她着急，眼中充泪了：

"哪有路可走？在你受伤这段日子里，我也想过几千几万遍了！只要你是展家人，我们就注定无缘了！"

她凝视着他，眼神里是万缕柔情千种恨，声音里是字字血泪，句句心酸："不要再来找我了，放掉我吧！你一次一次来找我，我就没有办法坚强！你让我好痛苦，你知道吗？真的真的好痛苦……真的真的……我不能吃，不能睡，白天还要做家事，晚上还要强颜欢笑去唱歌……"

云飞好心痛，紧紧地把她一抱：

"我不好，让你这么痛苦，是我不好！可是，请你不要轻易地说分手！"

她挣开了他，跑开去，眼泪落下：

"分手！是唯一的一条路！"

他追过去，急促地说：

"不是唯一的！我还有第三个提议，我说出来，你不要再跟我说'不'！"

她看着他。

"我们到南方去！在我认识你之前，我已经在南方住了四年，我们办杂志、写文章，过得悠游自在。我们去那儿，把桐城所有的是是非非，全体忘掉！虽然生活会苦一点，但是，就没有这些让人烦恼的牵牵绊绊了！好不好？"

雨凤眼中闪过一线希望的光。想一想，光芒又隐去了：

"把小三、小四、小五都带去吗？"

"可以，大家过得艰苦一点而已。"

"那……雨鹃呢？"

"只要她愿意，我们带她一起走！"

雨凤激动起来，叫：

"你还不明白吗？雨鹃怎么会跟我们两个一起走呢？她恨都恨死我，气都气死我，我这么不争气，会爱上一个展家的人！现在，还要她放弃这个我们生长的地方，我们爹娘所在的地方，跟你去流浪……这怎么可能呢？如果我跟她开口，她会气死的！"

"你离不开雨鹃吗？"他问。

雨凤震惊地、愤怒地一抬头，喊着：

"我离不开雨鹃！我当然离不开雨鹃！我们五个，就像一只手掌上的五个手指头！你说，手指头哪个离得开哪一个？你以为所有的兄弟姊妹，都像你家一样，会彼此仇恨，钩心斗角，恨不得杀掉对方吗？"

"你不要生气嘛！"

"你这么不了解我，我怎能不生气？"

"那……这也不成，那也不成，你到底要我怎么办？我急都快被你急死了，所有的智慧都快用完了！"

她低下头去，柔肠寸断了：

"所以，我说，只有一条路。"

"你在乎我的身份更胜于我这个人吗？"

"是。"

"你要逼我和展家脱离关系？"

“我不敢。我没有逼你做什么，我只求你放掉我！”

“我爹说过一句话，无论我怎样逃避，我身体里仍然流着展家的血液！”

“你爹说得很对，所以，我们只能到此为止了！”

“不可能到此为止的！你虽然嘴里这样说，你的心在说相反的话，你不会要跟我‘了断’的！你和我一样清楚，我们已经再也分不开了！”

“只要你不来找我……”

“不来找你？你干脆再给我一刀算了！”

雨凤跺脚，泪珠滚落：

“你欺负我！”

“我怎么欺负你？”

“你这样一下子是苏慕白，一下子是展云飞，弄得我精神分裂，弄得雨鹃也不谅解我，弄得我的生活乱七八糟，弄得我不知道该怎么办，现在，你还要一句一句地逼我……你要我怎样？你不知道我实在走投无路了吗？”

云飞紧紧地抱住她，把她的头紧压在自己肩上，在她耳畔，低低地说：

“对不起！对不起！我这么‘爱你’，真是对不起！我这么‘在乎你’，真是对不起！我这么‘离不开你’，真是对不起！我这么‘重视你’，真是对不起！……最大最大的对不起，是我爹娘不该生我，那么，你就可以只有恨，没有爱了！”

雨凤倒在他肩上，听到这样的话，她心志动摇，神魂俱碎，简直不知身之所在了。

雨凤弄得颠三倒四，欲断不断。雨鹃也不见得好到哪里去。

这天下午，云翔准时来赴雨鹃的约会。

庙前熙熙攘攘，人来人往，十分热闹。

云翔骑了一匹马，踢踢踏踏而来。他翻身下马，把马拴在树上。大步走到庙前，四面张望，不见雨鹃的人影。他走进庙里，上香的人潮汹涌，也没看到雨鹃。

"原来跟我开玩笑，让我扑一个空！我就说，她怎么会有这么大的胆子，约我单独会面？"

云翔正预备放弃，忽然有个人影从树影中蹿出来，往他面前一站。

云翔定睛一看，雨鹃穿着一身的红，红衫红裤黑靴子，头上戴了一顶红帽子，艳光四射，帅气十足，令人眼睛一亮。

雨鹃灿烂地笑着：

"不简单！展二少爷，你居然敢一个人过来！不怕我有伏兵把你给宰了？看样子，这展夜枭的外号，不是轻易得来的！"

云翔忍不住笑了：

"哈！说得太狂了吧？好像你是一个什么三头六臂的妖怪一样，我会见了你就吓得屁滚尿流吗？你敢约我，我当然会来！"

"好极了！你骑了马来，更妙了！这儿人太多，我们去人少一点的地方，好不好？"

"你敢和我同骑一匹马吗？"

"求之不得！是我的荣幸！"雨鹃一脸的笑。

"嘴巴太甜了，我闻到一股'口蜜腹剑'的味道！"云翔也笑。

"怕了吗？"雨鹃挑眉。

"怕，怕，怕！怕得不得了！"云翔忍俊不禁。

两人走到系马处，云翔解下马来，跳上马背，再把雨鹃捞上来，拥着她，他们就向郊外疾驰而去。

到了玉带溪畔，四顾无人，荒野寂寂。云翔勒住马，在雨鹃耳边吹气，问：

"这算不算是'荒郊野外'了？"

"应该算吧！我们下来走走！"

两人下马，走到水边的草地上。

雨鹃坐下，用手抱着膝，凝视着远方。

云翔在她身边坐下，很感兴趣地看着她，不知道她下面要出什么牌。

不料雨鹃静悄悄地坐着，眼睛定定地看着前方，半晌，毫无动静。

云翔奇怪地仔细一看，她的面颊上竟然淌下两行泪。他有些惊奇，以为她有什么高招，没料到竟是这样楚楚可怜。她看着远方，一任泪珠滚落，幽幽地说：

"好美，是不是？这条小溪，绕着桐城，流过我家。它看着我出生，看着我长大。看着我家的生生死死，家破人亡……"她顿了顿，叹口气："坐在这儿，你可以听到风的声音、水的声音、树的声音，连云的流动，好像都有声音。我很小的时候，我爹就常常和我这样坐在荒野里，训练我听大自然的声音，他说，那是世界上最美丽的歌。"

云翔惊奇极了。这个落泪的雨鹃，娓娓述说的雨鹃，对他来说，既陌生，又动人。

雨鹃抬眼看他，轻声地说：

"有好久了，我都没有到郊外来，听大自然的声音了！自从寄傲山庄烧掉以后，我们家所有的诗情画意，就一起烧掉了！"

云翔看着她，实在非常心动，有些后悔：

"其实，对那天的事，我也很抱歉。"

她可怜兮兮地点点头，拭去面颊上的泪，哽咽着说：

"我那么好的一个爹，那么'完美'的一个爹，你居然把他杀了！"

"你把这笔账，全记在我头上了，是不是？"

她再点点头。眼光哀哀怨怨，神态凄凄楚楚。

"让我慢慢来偿还这笔债，好不好？"他柔声问，被她的样子眩惑了。

"如果你不是我的杀父仇人，我想，我很可能会爱上你！你又帅气，又霸气，够潇洒，也够狠毒……正合我的胃口！"

"那就忘掉我是你的杀父仇人吧！"他微笑起来。

"你认为可能吗？"她含泪而笑。

"我认为大有可能！"

她靠了过来，他就把她一搂。她顺势倒进他的怀里，大眼睛含泪含怨又含愁地盯着他。他凝视着她的眼睛，一副意乱神迷的样子。然后，他一俯头，吻住她的唇。

机会难得！雨鹃心里狂跳，一面虚与委蛇，一面伸手，去摸藏在靴子里的匕首。她摸到了匕首，握住刀柄，正预备抽刀而出，云翔的手，飞快地落下，一把紧紧扣住她的手腕。她大惊，还来不及反应，他已经把她的手用力一拉，她只得放掉刀柄。他把她的手腕抓得牢牢的，另一只手伸进去，抽出她靴子中那把匕首。

他盯着她，放声大笑：

"太幼稚了吧！预备迷得我昏头转向的时候，给我一刀吗？你真认为我是这么简单，这么容易受骗的吗？你也真认为，你这一点点小力气，就可以摆平我吗？你甚至不等一等，等到我们更进入情况，到下一个步骤的时候再摸刀？"

雨鹃眼睁睁看着匕首已落进他的手里，机会已经飞去，心里又气又恨又无奈又沮丧。但，她立即把自己各种情绪都压抑下去，若无其事地笑着说：

"没想到给你发现了！"

"你这把小刀，在你上马的时候，我就发现了！"

他看看匕首，匕首映着日光，寒光闪闪。刀刃锋利，显然是个利器！他把匕首一下子抵在她面颊上：

"你不怕我一刀划过去，这张美丽的脸蛋就报销了？"

她用一对水汪汪的大眼睛瞅着他，眼里闪着大无畏的光，满不在乎地：

"你不会这么做的！"

“为什么？”

“那就没戏好唱了，我们不是还有‘下一个步骤’吗？何况，划了我的脸，实在不怎么高明，好像比我还幼稚！”

他忍不住哈哈大笑了：

“我劝你，以后不要用这么有把握的眼光看我，我是变化多端的，不一定吃你这一套！今天，算你运气，本少爷确实想跟你好好地玩一玩，你这美丽的脸蛋呢，我们就暂时保留着吧！”

他一边说着，用力一摔，那把匕首就飞进河水里去了：

“好了！现在，我们之间没那个碍事的东西，可以好好地玩一玩了！”

“嗯。”她风情万种地瞅着他。

他再度俯下头去，想吻她。她倏然推开他，跳起身子。他伸手一拉，谁知她的动作极度灵活，他竟拉了一个空。

她掉头就跑，嘴里格格笑着，边跑边喊：

“来追我呀！来追我呀！”

云翔拔脚就追，谁知她跑得飞快。再加上地势不平，杂草丛生，他居然追得气喘吁吁。她边跑、边笑、边喊：

“你知道吗？我是荒野里长大的！从小就在野地里跑，我爹希望我是男孩，一直把我当儿子一样带，我跑起来，比谁都快！来呀，追我呀！我打赌你追不上我……”

“你看我追得上还是追不上！”

两人一个跑，一个追。

雨鹃跑着，跑着，跑到系马处，忽然一跃，上了马背。

她一拉马缰，马儿如飞奔去。她在马背上大笑着，回头喊：

"我先走了！到待月楼来牵你的马吧！"说着，就疾驰而去。

云翔没料到她还有这样一招，看着她的背影，心痒难搔。又是兴奋，又是眩惑，又是生气，又是惋惜。不住跌脚咬牙，恨恨地说：

"怎么会让她溜掉了？等着吧！不能到手，我就不是展云翔！"

雨鹃回家的时侯，雨凤早已回来了。雨鹃冲进家门，一头的汗，满脸红红的。她直奔桌前，倒了一杯水，就仰头咕噜咕噜喝下。

雨凤惊奇地看她：

"你去哪里了？穿得这么漂亮？这身衣服哪儿来的？"

"金银花给我的旧衣服，我把它改了改！"

雨凤上上下下地看她，越看越怀疑：

"你到什么地方去了？"

"郊外！"

"郊外？你一个人去郊外？"她忽然明白了，往前一冲，抓住雨鹃，压低声音问，"难道……你跟那个展夜枭出去了？你昨晚鬼鬼祟祟的，是不是跟他订了什么约会？你和他单独见面了，是不是？"

雨鹃不想瞒她，坦白地说：

"是！"

雨凤睁大了眼睛，伸手就去摸雨鹃的腰，摸了一个空：

"你的匕首呢？发生什么事了？告诉我！"

雨鹃拨开她的手：

"你不要紧张，什么事都没有发生！"

"那……你的匕首呢？"

"被那个展夜枭发现了，给我扔到河里去了！"

雨凤抽了口气，瞪着她，心惊胆战：

"你居然单枪匹马，去赴那个展夜枭的约会，你会吓死我！为什么要去冒险？为什么这么鲁莽？到底经过如何，你赶快告诉我！"

雨鹃低头深思着什么，忽然掉转话题，反问雨凤：

"你今天和那个苏慕白谈得怎样？断了吗？"

"我们不谈这个好不好？"雨凤神情一痛。

"他怎么说呢？同意分手吗？"雨鹃紧盯着她。

"当然不同意！他就在那儿自说自话，一直要我嫁给他，提出好多种办法！"

雨鹃凝视了雨凤好一会儿，忽然激动地抓住她的手，哑声地说：

"雨凤，你嫁他吧！"

"什么？"雨凤惊问，不相信自己的耳朵。

雨鹃热切地盯着她，眼神狂热：

"我终于想出一个报仇的方法了！金银花是对的，要靠我这样花拳绣腿，什么仇都报不了！那个展夜枭不是一个简单的敌手，他对我早已有了防备，我今天非但没有占到便宜，还差一点吃大亏！我知道，我是真的没有办法了！"她摇了摇雨凤："可是，你有办法！"

"什么办法？"雨凤惊愕地问。

"你答应那个展云飞，嫁过去！只要进了他家的门，你就好办了！了解展夜枭住在哪里，半夜，你去放一把火，把他烧死！就算烧不死他，好歹烧了他们的房子！打听出他们放金银财宝的地方，也给他一把火，让他尝一尝当穷人的滋味！如果你不敢放火，你下毒也可以……"

雨凤越听越惊，沉痛地喊：

"雨鹃，你知道你在说什么吗？"

"我知道！我在教你怎么去报仇！好遗憾，那个展云飞爱上的不是我，如果是我，我一定会利用这个机会！既然他向你求婚，你就将计就计吧！"

雨凤身子一挺，挣脱了她，连退了好几步：

"不！你不是教我怎样报仇，你是教我怎样犯法，怎样做个坏人！我不要！我不要！我们恨透了展夜枭，因为他对我们用暴力，你现在要我也同流合污吗？"

"在爹那样惨死之后，你脑子里还装着这些传统道德吗？让那个作恶多端的人继续害人，让展家的势力继续扩大，就是行善吗？难道你不明白，除掉展夜枭，是除掉一个杀人凶手，是为社会除害呀！"雨鹃悲切地说。

"我自认很渺小，很无用，为'社会除害'这种大事，我没有能力，也没有魄力去做！雨鹃，你笑我也罢，你恨我也罢，我只想过一份平静平凡的生活，一家子能够团聚在一起，就好了！我没有勇气做你说的那些事情！"

雨鹃哀求地看着她：

“我不笑你，我也不恨你！我求你！只有你有这个机会，可以不着痕迹地打进那个家庭！如果我们妥善计划，你可以把他们全家都弄得很惨……”

雨凤激烈地嚷：

“不行！不行！你要我利用慕白对我的爱，去做伤害他的事，我做不出来！我一定一定做不出来！这种想法，实在太可怕了，太残忍了！雨鹃，你怎么想得出来？”

雨鹃绝望地一掉头，生气地走开：

“我怎么想得出来？因为我可怕，我残忍！我今天到了玉带溪，那溪水和以前一样清澈，反射着展夜枭的影子，活生生的！而我们的爹，连影子都没有！”

她说完，冲到床边，往床上一躺，睁大眼睛，瞪着天花板。

雨凤走过去，低头看着她，痛楚地说：

“看！这就是‘仇恨’做的事，它不只在折磨我们，它也在分裂我们！”

雨鹃眼睛一眨不眨，有力地说：

“分裂我们的，不是‘仇恨’！是那两个人！一个是哥哥，一个是弟弟！他们以不同的样子出现在我们面前，带给我们同样巨大的痛苦！你的爱，我的恨，全是痛苦！展夜枭说得很对！哥哥弟弟都差不多！”

雨凤被这几句话震撼了，一脸凄苦，满怀伤痛，什么话都说不出来了。

14

不管日子里有多少无奈，生活总是要过下去。

这晚，待月楼的生意依然鼎盛。姊妹俩准备要上台，正在化妆间化妆。今晚，两人把《小放牛》重新编曲，准备演唱。所以，一个打扮成牧童，一个打扮成娇媚女子，两人彼此帮彼此化妆，擦胭脂抹粉。

门帘一掀，金银花匆匆忙忙走进来，对雨凤说：

"雨凤，你那位不知道是姓苏还是姓展的公子，好久没来，今天又来了！还坐在左边那个老位子！我来告诉你一声！"

雨凤的心脏一阵猛跳，说不出是悲是喜。

"我前面去招呼，生意好得不得了！"金银花走了。

雨鹃看了雨凤一眼，雨凤勉强藏住自己的欣喜，继续化妆。

门帘又一掀，金银花再度匆匆走进，对雨鹃说：

"真不凑巧，那展家的二少爷也来了！他带着人另外坐了一桌，不跟他哥哥一起！在靠右边的第三桌！我警告你们，可不许再泼酒砸杯子！"

雨鹃愣了愣，赶紧回答：

"不会的！那一招已经用腻了！"

金银花匆匆而去。

雨凤和雨鹃对看。

"好吧！唱完歌，你就去左边，我就去右边！"雨鹃说。

"你还要去惹他？"雨凤惊问。

"不惹不行，我不惹他，他会惹我！你放心吧，我自有分寸！"

雨凤不说话，两人又忙着整装，还没弄好。门帘再一掀，金银花又进来了：

"我跟你们说，今晚真有点邪门！展祖望来了！"

"啊？"雨凤大惊。

"哪个展祖望？"雨鹃也惊问。

"还有哪个展祖望？就是盛兴钱庄的展祖望！展城南的展祖望！展夜枭和那位苏公子的老爹，这桐城鼎鼎有名的展祖望！"金银花说。

姊妹两个震撼着。你看我，我看你。

"那……那……他坐哪一桌？"雨凤结舌地问，好紧张。

"本来，兄弟两个分在两边，谁也不理谁，这一会儿，老爷子来了，兄弟两个好像都吓了一大跳，乱成一团。现在，一家子坐在一桌，郑老板把中间那桌的上位让给他们！"

雨凤、雨鹃都睁大眼睛，两人都心神不定，呼吸急促。

金银花瞪着姊妹两个，警告地说：

"待月楼开张五年，展家从来不到待月楼，现在全来了！看样子，都是为你们姊妹而来！你们给我注意一点，不要闹出任何事情，知道吗？"

雨凤、雨鹃点头。

金银花掀帘而去了。

姊妹两个睁大眼睛看着彼此。雨凤惶恐而抗拒地说：

"听我说！唱完歌就回来，不要去应酬他们！"

雨鹃挑挑眉，眼睛闪亮：

"你在害怕！你怕什么？他们既然冲着我们而来，我们也不必小里小气地躲他们！他们要看，就让他们看个够！来吧，我们赶快把要唱的词对一对！"

"不是唱《小放牛》吗？"

"是《小放牛》！可是，歌词还是要对一对！你怎么了？到底在怕什么？"

雨凤心不在焉，慌乱而矛盾：

"我怕这么混乱的局面，我们应付不了啊！"

雨鹃吸口气，眼神狂热：

"没有什么应付不了的！打起精神来吧！"

祖望是特地来看雨凤的。自从知道云飞为了这个姑娘，居然自己捅了自己一刀，他就决定要来看看，这个姑娘到底是何方神圣，有这么大的魅力？在他心底，对云飞这样深刻的爱，也有相当大的震撼。如果这个姑娘，真有云飞说的那么好，或者，也能说服他吧！他是抱着半信半疑的态度来的。和他同来的，还有纪总管。他却再也没有料到，云飞带着阿超在这儿，云翔带着天尧也在这儿！这个待月楼到底有什么魔力，把他两个儿子都吸引过来了？他心里困惑极了。

三路人马，会合在一处，好不容易，才坐定了。祖望坐在大厅中，不时四面打量，惊讶着这儿的生意兴隆，宾客盈门。云飞和云翔虽然都坐了过来，云飞是一副坐立不安的样子，云翔是一脸"唯恐天下不乱"的样子。纪总管、天尧、阿超都很安静。

珍珠和月娥忙着上菜上酒，金银花在一边热络地招呼着：

"难得展老爷子亲自光临，咱们这小店也没什么好吃的！都是粗菜，厨房里已经把看家本领都拿出来啦！老爷子就凑合着将就将就！"

祖望四面打量，心不在焉地客套着：

"好地方！好热闹！经营得真好！"

"谢谢，托您的福！"

"您请便，不用招呼我们！"

"那我就先忙别的去，要什么尽管说！月娥，珍珠！侍候着！"

"是！"月娥、珍珠慌忙应着。

金银花就返到郑老板那一桌上去，和郑老板低低交换了几句对话。

云飞脸色凝重，不时看台上，不时看祖望，心里七上八下，说不出的担心。

云翔却神采飞扬，对祖望夸张地说：

"爹！你早就应该来这一趟了！现在，几乎整个桐城，都知道这一对姊妹花，拜倒石榴裙下的也大有人在……"

他瞄了云飞一眼，话中有话："为了她们姊妹，争风吃醋，动刀动枪的也不少……"再瞄了云飞一眼，"到底她们姊妹的魅力在什么地方，只有您老人家亲自来看了，您才知道！"

云飞非常沉默，皱了皱眉，一语不发。

音乐响起，乐队开始奏乐。

客人们已经兴奋地鼓起掌来。

祖望神情一凛，定睛看着台上。云飞、云翔、阿超等人也都神情专注。

台上，扮成俊俏牧童的雨鹃首先出场。一亮相又赢得满场掌声。云翔忙着对祖望低低介绍：

"这是妹妹萧雨鹃！"

雨鹃看着祖望这一桌，神态自若，风情万种地唱着：

出门就眼儿花，咿得嘿咿得咿呀嘿！用眼儿瞧着那旁边的一个女娇娃，咿得咿呀嘿！头上戴着一枝花，身上穿着绫罗纱，杨柳似的腰儿一纤纤，小小的金莲半拃拃，我心里想着她，嘴里念着她，这一场相思病就把人害煞，咿得咿呀嘿！咿得咿呀嘿！

雨凤扮成娇滴滴的女子出场，满场再度掌声如雷。雨凤的眼光掠过中间一桌，满室一扫，掌声雷动。她脚步轻盈，纤腰一握，甩着帕子，唱：

> 三月里来桃花儿开，杏花儿白，木樨花儿黄，又只见芍药牡丹一齐儿开放，咿得咿呀嗨！行至在荒郊坡前，见一个牧童，头戴着草帽，身穿着蓑衣，口横着玉笛，倒骑着牛背，口儿里唱的都是莲花儿落，咿得咿呀嗨！

姊妹两个又唱又舞，扮相美极，满座惊叹。连祖望都看呆了。

云飞坐正了身子，凝视雨凤，雨凤已对这桌看来，和云飞电光石火地交换了一个注视。云翔偏偏看到了，对祖望微笑低声说：

"看到了吗？正向老大抛媚眼呢！这就是云飞下定决心，要娶回家的那个萧雨凤姑娘了！"

祖望皱眉不语。

台上一段唱完，客人如疯如狂，叫好声、鼓掌声不断，场面热闹极了。

"唱得还真不错！这种嗓子，这种扮相，就连北京的名角也没几个！在这种小地方唱，也委屈她们了，或者，她们可以到北京去发展一下！"祖望说。

云飞听得出祖望的意思，脸色铁青：

"你不用为她们操心了，反正唱曲儿，只是一个过渡时期，总要收摊子的！"

云翔接口：

"当然！成了展家的媳妇儿，怎舍得还让她抛头露面？跟每一个客人应酬来，应酬去，敬茶敬酒！"

祖望脸色难看极了。他见到雨凤了，美则美矣，这样抛头露面，赢得满场青睐，只怕早已到处留情。

云飞怒扫了云翔一眼。云翔回瞪了一眼，便掉头看台上，一副幸灾乐祸的样子。

台上的雨凤雨鹃忽然调子一转，开始唱另外一曲：

天上的娑罗什么人儿栽？地上的黄河什么人儿开？什么人把守三关口？什么人出家他没回来？咿呀嘿！什么人出家他没回来？咿呀嘿！（雨鹃唱）

天上的娑罗王母娘娘栽，地上的黄河老龙王开！杨六郎把守三关口，韩湘子出家他没回来！咿呀嘿！韩湘子他出家呀没回来！咿呀嘿！（雨凤唱）

赵州桥什么人儿修？玉石的栏杆什么人儿留？什么人骑驴桥上走？什么人推车就轧了一道沟？咿呀嘿！什么人推车就轧了一道沟？（雨鹃唱）

赵州桥鲁班爷爷修，玉石的栏杆圣人留，张果老骑驴桥上走，柴王爷推车就轧了一道沟！咿呀嘿！柴王爷推车就轧了一道沟！咿呀嘿！（雨凤唱）

姊妹两个唱作俱佳，风情万种，满座轰动。祖望也不禁看得出神了。

姊妹两个唱着唱着，就唱到祖望那桌前面来了。

雨凤直视着祖望，不再将视线移开，继续唱：

　　什么人在桐城十分嚣张？什么人在溪口火烧山庄？什么人半夜里伸出魔掌？什么人欺弱小如虎如狼？咿呀嘿！什么人欺弱小如虎如狼？咿呀嘿！

这一唱，展家整桌，人人变色。

祖望大惊，这是什么歌词？他无法置信地看着两姊妹。

云飞的脸色，顿时变白了，焦急地看着雨凤，可是，雨凤根本不看他。她全神都灌注在那歌词上，眼睛凝视着祖望。

云翔也倏然变色，面红耳赤，怒不可遏。

阿超、纪总管和天尧更是个个惊诧。

金银花急得不得了，直看郑老板。郑老板对金银花摇头，表示此时已无可奈何。

雨凤唱完了"问题"，雨鹃就开始唱"答案"。雨鹃刻意地绕着祖望的桌子走，满眼亮晶晶地闪着光，一段过门之后，她站定了，看着祖望，看着云翔，看着纪总管和天尧，一句一句，清楚有力地唱出来：

　　那展家在桐城十分嚣张，姓展的在溪口火烧山庄！展夜枭半夜里伸出魔掌，展云翔欺弱小如虎如狼！咿呀嘿！展云翔欺弱小如虎如狼！咿呀嘿！

一边唱着，还一边用手怒指云翔。

大厅中的客人，从来没有看到这样的"好戏"，有的人深受展家欺凌，在惊诧之余，都感到大快人心，就爆出如雷的掌声，和疯狂叫好声。大家纷纷起立，为两姊妹鼓掌。简直达到群情激昂的地步，全场都要发疯了。

云翔勃然大怒，一拍桌子，站起身来就大骂：

"混蛋！活得不耐烦，一定要我砸场子才高兴，是不是？"

天尧和纪总管一边一个，使劲把他拉下来。

"老爷在，你不要胡闹！给人消遣一下又怎样？"纪总管说。

祖望脸色铁青，他活了一辈子，从来没有受过这么大的侮辱。他拂袖而起：

"纪总管，结账，我们走人了！"

雨凤雨鹃两个已经唱完，双双对台下一鞠躬，奔进后台去了。

金银花连忙过来招呼祖望，堆着一脸的笑说：

"这姊妹两个，不知天高地厚，老爷子别跟她们计较！待会儿我让她们两个来跟您道歉！"

祖望冷冷地抛下一句：

"不必了！咱们走！"

纪总管在桌上丢下一张大钞。云翔、天尧、云飞、阿超都站了起来。祖望在前，掉头就走。云翔、纪总管、天尧赶紧跟着走。

云飞往前迈了一步，对祖望说：

"爹，你先回去，我随后就到！"

祖望气极了，狠狠地看了云飞一眼，一语不发，急步而去了。

远远地，郑老板对祖望揖了一揖，祖望冷冷地还了一揖。

祖望走了，阿超看看云飞：

"这个时候留下来，你不计后果吗？"

"不计后果的岂止我一个？"云飞一脸的愠怒，满心的痛楚。如果说，上次在寄傲山庄的废墟，雨凤给了他一刀。那么，此时此刻，雨凤是给了他好几刀，他真的被她们姊妹打败了。

雨凤雨鹃哪儿有心思去想"后果"，能够这样当众羞辱了展祖望和展夜枭，两个人都好兴奋。回到化妆间，雨鹃就激动地握着雨凤的手，摇着，喊着：

"你看到了吗？那个展夜枭脸都绿了！我总算整到他了！"

"岂止展夜枭一个人脸绿了，整桌的人脸都绿了！"雨凤说。

"好过瘾啊！这一下，够这个展祖望回味好多天了！我管保他今天夜里会睡不着觉！"雨鹃脸颊上绽放着光彩。这是寄傲山庄烧掉以后，她最快乐的一刻了。

门口，一个冷冷的声音接口了：

"你们很得意，是吗？"

姊妹俩回头，金银花生气地走进来：

"你们姊妹两个，是要拆我的台吗？怎么那么多花样？变都变不完！你们怎么可以对展老爷子唱那些乱七八糟的东西？”

雨鹃背脊一挺：

“我没有泼酒，没有砸盘子，没有动手！他们来听小曲，我们就唱小曲给他们听！这样也不行吗？”

“你说行不行呢？你指着和尚骂贼秃，你说行不行？”

“我没有指着和尚骂贼秃，我是指着贼秃骂贼秃！从头到尾，点名点姓，唱的全是事实，没有冤他一个字！”

“嗬！比我说的还要厉害，是不是这意思？”金银花挑起眉毛，稀奇地说。

“本来嘛，和尚就是和尚，有什么该挨骂的？贼秃才该骂！他们下次来，我还要唱，我给他唱得街头巷尾，人人会唱，看他们的面子往哪儿搁！”

金银花瞪着雨鹃，简直啼笑皆非：

“你还要唱！你以为那个展祖望听你唱着曲儿骂他，听得乐得很，下次还要再来听你们唱吗？你们气死我！展祖望第一次来我们这儿，居然给你们碰了这样一鼻子灰！你们姊妹两个，谁想出来的点子？”

“当然是雨鹃嘛，我不过是跟着套招而已。”雨凤说。

一声门响，三个女人回头看，云飞阴郁地站在门口，脸色铁青。阿超跟在后面。

“我可以进来吗？”他的眼光停在雨凤脸上。

雨凤看到云飞，心里一虚，神情一痛。

金银花却如获至宝，慌忙把他拉进去：

“来来来！你跟她们姊妹聊一聊，回去劝劝老爷子，千万不要生气！你知道她们姊妹的个性，就是这样的！记仇会记一辈子，谁教你们展家得罪她们了！"

金银花说完，给了雨凤一个"好好谈谈"的眼光，转身走了。

雨鹃看到云飞脸色不善，雨凤已有怯意，就先发制人地说：

"我们是唱曲的，高兴怎么唱，就怎么唱！你们不爱听，大可以不听！"

云飞径自走向雨凤，激动地握住她的胳臂：

"雨凤，雨鹃要这么唱，我不会觉得奇怪，可是，你怎么会同意呢？你要打击云翔，没有关系！可是，今天的主角不是云翔，是我爹呀！你明明知道，他今天到这儿来，就是要看看你！你非但不帮我争一点面子，还做出这样的惊人之举，让我爹怎么下得来台！你知道吗？今晚，受打击最大的，不是云翔，是我！"

雨凤身子一扭，挣脱了他：

"我早就说过，我跟展家，注定无缘！"

云飞心里，掠过一阵尖锐的痛楚，说不出来有多么失望：

"你完全不在乎我！一点点都不在乎！是不是？"

雨凤的脸色惨淡，声音倔强：

"我没有办法在乎那么多！当你跟展家纠缠在一起的时候，当你们坐在一桌，父子同欢的时候，当你跟展云翔坐在一起，哥哥弟弟的时候，你就是我的敌人！"

云飞闭了闭眼睛，抽了一口冷气：

“我现在才知道，腹背受敌是什么滋味了！”

“我可老早就知道，爱恨交织是什么滋味了！”雨凤冷冷地接口，又说，“其实，对你爹来讲，这不是一件坏事！就是因为你爹的昏庸，才有这么狂妄的展云翔！平常，一大堆人围在他身边歌功颂德，使他根本听不到也看不见，我和雨鹃，决定要他听一听大众的声音，如果他回去了，肯好好地反省一下，他就不愧是展祖望！否则，他就是……他就是……”她停住，想不出合适的形容词。

“就是一只老夜枭而已！”雨鹃有力地接口。

云飞抬眼，惊看雨鹃：

“你真的想砍断我和雨凤这份感情？你连一点同情心都没有吗？”

雨鹃忍无可忍，喊了起来：

“我同情，我当然同情，我同情的是我被骗的姊姊，同情的是左右为难的苏慕白！不是展云飞！”

云飞悲哀地转向雨凤：

“雨凤，你是下定决心，不进我家门了，是不是？”

雨凤转开头去，不看他：

“是！我同意雨鹃这样唱，就是要绝你的念头！我跟你说过好多次，你就是不要听！”

云飞定定地看着她，呼吸急促：

“你好残忍！你甚至不去想，我要面对的后果！你明知道在那个家庭里，我也处在挨打的地位，回去之后，我要接受最严厉的批判！你一点力量都不给我，一点都不支持我！让我去孤军奋战，为你拼死拼活！而你，仍然把我当成敌人！我为了一个敌人在那儿和全家作战，我算什么！"

雨凤低头，不说话。

云飞摇了摇头，感到心灰意冷：

"这样爱一个人，真的好痛苦！或者，我们是该散了！"

雨凤吃了一惊，抬头：

"你说什么？"

云飞生气地、绝望地、大声地说：

"我说，我们不如'散了'！"

他说完，再也不看雨凤，掉头就走。阿超急步跟去了。

雨凤大受打击，本能地追了两步，想喊，喊不出来，就硬生生地收住步子，一个踉跄地跌坐在椅子里，用手痛苦地蒙住了脸。

雨鹃走过去，一句话都没说，只是把她的头，紧紧地拥在怀中。

云飞带着满心的痛楚回到家里，他说中了，他是"腹背受敌"，因为，家里正有一场风暴在等着他！全家人都聚集在大厅里，祖望一脸的怒气，看着他的那种眼光，好像在看一个怪物！他指着他，对他咆哮地大吼：

"我什么理由都不要听！你跟她散掉！马上一刀两断！你想要把这个姑娘娶进门来，除非我断了这口气！"

云翔好得意，虽然被那两姊妹骂得狗血淋头，但是，她们"整到"的，竟是云飞！这就是意外之喜了。梦娴好着急，看着云飞，一直使眼色。奈何他根本看不到。他注视祖望，不但不道歉，反而沉痛地说：

"爹！你听了她们姊妹两个唱的歌，你除了生气之外，一点反省都没有吗？"

"反省？什么叫反省？我要反省什么？"

"算我用错了词！不是反省，最起码，也会去想一想吧！为什么人家姊妹看到你来了，会不顾一切，临时改歌词，唱到你面前去给你听！她们唱些什么，你是不是真的听清楚了？如果没有家破人亡的深仇大恨，她们怎么会这样做？"

云翔恼怒地往前一跨步：

"我知道，我知道，你又要把这笔账，转移到我身上来了！那件失火的事，我已经说过几百次，我根本不想再说了！爹，现在这个情况非常明显嘛，这对姊妹是赖上我们家了！她们是打赤脚的人，我们是穿鞋的人，她们想要什么，明白得很！姊姊呢，是想嫁到展家来当少奶奶！妹妹呢，是想敲诈我们一笔钱！"

纪总管立刻接口：

"对对对！我的看法跟云翔一样！这姊妹两个，都太有心机了！你看她们唱曲儿的时候，嘴巴要唱，眼睛还要瞟来瞟去，四面招呼，真的是经验老到！这个待月楼，我也打听清楚了，明的是金银花的老板，暗的根本就是郑老板的！这两姊妹，显然跟郑老板也有点不干不净……"

云飞厉声打断：

"纪叔！你这样信口开河，不怕下拔舌地狱吗？"

纪总管一怔，天尧立刻说：

"这事假不了！那待月楼里的客人都知道，外面传得才厉害呢！郑老板对她们两个都有意思，就是碍着一个金银花！反正，这两个妞儿绝对不简单！就拿这唱词来说吧！好端端的唱着《小放牛》，说改词就改词，她们是天才吗？想想就明白了！她们姊妹早就准备有今晚这样的聚会了！一切都是事先练好的！"

纪总管走过去，好心好意似的拍拍云飞的肩：

"云飞！要冷静一点，你知道，你是一条大肥羊呀，整个桐城，不知道有多少大家闺秀想嫁你呢！这两个唱曲的，怎会不在你身上用尽功夫呢？你千万不要着了她们的道儿！"

云飞被他们这样左一句右一句，气得快炸掉了。还来不及说什么，祖望已经越听越急，气急败坏地叫：

"不错！纪总管和云翔天尧分析得一点都不错！这姊妹两个太可怕了！中国自古就有'天下最毒妇人心'这种词，说的就是这种女人！如果她们再长得漂亮，又有点才气，会唱曲什么的，就更加可怕！云飞，我一直觉得你聪明优秀有头脑，怎么会上这种女人的当！我没有亲眼看到，还不相信，今天是亲眼看到了，说她们是'蛇蝎美人'，也不为过！"

云飞怒极、气极、悲极：

"好吧！展家什么都没错！是她们恶毒！她们可怕！展家没有害过她们，没有欺负过她们，是她们要害展家！要敲诈展家！"他怒极反笑了："哈哈！我终于明白了，为什么我用尽心机，也没有办法说服雨凤嫁给我，因为展家是这副嘴脸，这种德行！人家早已看得清清楚楚，我还在这里糊糊涂涂！雨凤对了，只要我姓展，我根本没有资格向她求婚！"

品慧看到这种局面，太兴奋了，忍不住插嘴了：

"哎哟！我说老大呀，你也不要这样认死扣，你爹已经气成这样子，你还要气他吗？真喜欢那个卖唱的姑娘，你花点钱，买来做个小老婆也就算了……"

祖望大声打断：

"小老婆也不可以！她现在已经这么放肆，敢对着我的脸唱曲儿来骂我，进了门还得了？岂不是兴风作浪，会闹得天下大乱吗？我不许！绝对不许！"

"哈哈！哈哈！"云飞想着自己弄成这样的局面，就大笑了起来。

梦娴急坏了，摇着云飞：

"你笑什么？你好好跟你爹说呀！你心里有什么话，你说呀！让你爹了解呀……"

"娘，我怎么可能让他了解呢？他跟我根本活在两个世界里！他的心智已经被蒙蔽，他只愿意去相信他希望的事，而不去相信真实！"

祖望更怒，大吼：

"我亲眼看到的不是事实吗？我亲耳听到的不是事实吗？被蒙蔽的是你！中了别人的'美人计'还不知道！整天去待月楼当孝子，还为她拼死拼活，弄得受伤回家，简直是丢我展祖望的脸！"

云飞脸色惨白，抬头一瞬也不瞬地看着祖望，眼里闪耀着沉痛已极的光芒：

"爹，这就是你的结论？"

祖望一怔，觉得自己的话讲得太重了，吸了口气，语气转变：

"云飞，你知道我对你寄望有多高，你知道这次你回家，我真的是欢喜得不得了，好想把展家的一番事业，让你和云翔来接管，来扩充！我对你的爱护和信任，连云翔都吃醋！你不是没感觉的人，应该心里有数！"

"我从不怀疑这一点！"云飞眼神一痛。

"那你就明白了，我今天反对萧家的姑娘，绝对是为了你好，不是故意跟你唱反调！现在，我连她的出身都可以不计较，但是，人品风范，心地善良，礼貌谦和，以及对长辈的尊重……总是选媳妇的基本要求吧！"

"我没有办法和你辩论雨凤的人品什么的，因为你已经先入为主地给她定罪了！我知道，现在，你对我非常失望！事实上，我对这个家也非常失望！我想，我们不要再谈雨凤，她是我的问题，不是你们的问题！我自己会去面对她！"

"你的问题！就是我们大家的问题！"

"那不一定！"他凝视祖望，诚挚而有力地说，"爹，等你气平的时候，你想一想，人家如果把我看成一只肥羊，一心想进我家大门，想当展家的少奶奶，今晚看到你去了，还不赶快使出浑身解数来讨你欢喜？如果她们像你们分析的那样厉害，那样工于心计，怎么会编出歌词来逞一时之快！如果她希望你是她未来的公公，她是不是巴结都来不及，为什么她们会这样做？"

祖望被问倒了，睁大眼睛看着云飞，一时无言。

云翔眼看祖望又被说动了，就急急地插进嘴来：

"这就是她们厉害的地方呀，这叫作……叫作……"

"欲擒故纵！以退为进！"纪总管说。

"对对对！这就是欲擒故纵，以退为进！厉害得不得了！"云翔马上喊。

"而且，这是一着险棋，语不惊人死不休，一定可以达到'引起注意'的目的！"天尧也说。

云飞见纪总管父子和云翔像唱双簧般一问一答，懒得再去分辩，对祖望沉痛地说：

"我言尽于此！爹，你好好想一想吧！"

云飞说完，转身就冲出了大厅。

从这天开始，一连好几天，云飞挣扎在愤怒和绝望之中。在家里，他是"逆子"，在萧家，他是"仇人"，他的情绪低落到了极点，简直不知道该如何自处。他无法面对父亲和云翔，也不要再见到雨凤。

每天早上，他都出门去。以前，出门就去看看雨凤，现在，出门也不知道该去哪儿。只好把祖望交给他的钱庄，去收收账，管理一下，不管理还好，一管理烦恼更多。

这天早上，云飞和阿超走在街道上。阿超看着他，建议说：

"我跟你说，我们去买一点烧饼油条生煎包，赶在小四上学以前送过去！有小三、小四、小五在一起说说笑笑，雨鹃姑娘就比较不会张牙舞爪，那么，你那天晚上，跟人家发的一顿脾气，说不定就化解了！"

"你的意思好像是说，我那天晚上不该跟雨凤发脾气！"云飞烦躁地说。

"我就不知道你发什么脾气！人家情有可原嘛！她们又没骂你，骂的全是二少爷！谁叫你跟二少爷坐一桌，一副'一家人'的样子！你这样一发脾气，不是更好像你和二少爷是哥哥弟弟，手足情深吗？"

云飞心烦意乱，挥手说：

"你不懂！你没有经过这种感情，你不了解！她如果心底真有我，她就该把我放在第一位，就该在乎我爹对她的印象，就该在乎我的感觉，她通通不在乎，我一个人在乎，未免太累了！"

"我是不了解啊！那么，你是真要跟她'散了'吗？既然真要'散了'，干吗回到家里，又为她和老爷大吵？"

云飞更烦躁：

"所以我说你不懂！感情的事，就是这样'剪不断，理还乱'的！"

"你不要跟我转文，一转文我就没辙了！好吧，现在我们去哪里？买不买烧饼油条呢？去不去萧家呢？"

"买什么烧饼油条？就算在她身上用几千几万种功夫，她还是不会感动，她还是把我当成敌人！去什么萧家？当然不去！"

阿超仔细看他：

"不去？那……我们干吗一直往萧家走？"

云飞站住，四面看看，烦乱地说：

"我们去虎头街，把账收一收！"掏出记事本看了看："今天，有三家到期的账，我们先去……这个贺伯庭家！"说着就走。

"这么早，去办公啊？"阿超跟上前去。

"这虎头街的业务真是一团乱，全是收不回的呆账，真不知道要怎么办才好！走吧！今天好好地去办点事！跑他一整天！"

阿超抓了抓头，很头痛的样子：

"要去办公……那，你身上带的钱够不够？"

"我是去收账，又不是去放款，要带什么钱？"

"你收十次账，有八次收不到！想想昨天吧，你就把身上的钱用得光光的，送江家的孩子去看病，给王家的八口之家买米，帮罗家的女儿赎身，最离谱的是，赶上朱家在出殡，你把身上最后的钱送了奠仪！这样收账，我是很怕！"

"那是偶然一次，你不要太夸张了，也有几次很顺利就收到了！像顾家……"

"那是因为你把他们的利息减半，又抹掉零头！我觉得，这虎头街的烂摊子，你还是交还给纪总管算了！他故意把这个贫民窟交给你管，有点不安好心！"

"交还给纪总管？那怎么行？会被他们笑死！何况，在我手里，这些人还有一些生路，到了云翔和纪总管手里，不知道要出多少个萧家！"

“那么，决定去贺家了？”

“是！”

“可是，你现在还是往萧家走啊！”

云飞一个大转身，埋着头往前飞快地走：

“笨！习惯成自然！”

阿超叹口大气，无精打采地跟在他后面。

<h1 style="text-align:center">15</h1>

云飞不再出现，雨凤骤然跌落在无边的思念，和无尽的后悔里。

日出，日落，月升，月落……日子变成了一种折磨，每天早上，雨凤被期待烧灼得那么狂热。风吹过，她会发抖，是他吗？有人从门外经过，她会引颈翘望，是他吗？整个白天，门外的任何响声，都会让她在心底狂喊：是他吗？是他吗？晚上，在待月楼里，先去看他的空位，他会来吗？唱着唱着，会不住看向门口，每个新来的客人都会引起她的惊悸，是他吗？是他吗？不是，不是，不是……一次又一次的失望，使她陷进一种绝望里。他不会再来了，她终于断了他的念头，粉碎了他的爱。她日有所思，夜无所梦，因为，每个漫漫长夜，她都是无眠的。当好多个日子，在期待中来临，在绝望中结束，她的心，就支离破碎了。她想他，她发疯一样地想他！想得整个人都失魂落魄了。

云飞不知道雨凤的心思。每天早上，白天，晚上……都跟自己苦苦作战，不许去想她，不许去看她，不许往她家走，不许去待月楼，不许那么没出息！那么多"不许"，和那么多"渴望"，使他煎熬得心力交瘁。

这天早上，云飞和阿超又走在街道上。

阿超看看云飞，看到他形容憔悴，神情寥落，心里实在不忍，说：

"一连收了好多天的账，一块钱都没收到，把钱庄里的钱倒挪用了不少，这虎头街我去得真是倒胃口，今天换一条路走走好不好？"

"换什么路走走？"云飞烦躁地问。

"就是习惯成自然的那条路！"阿超冲口而出。

云飞一怔，默然不语。阿超再看他一眼，大声说：

"你不去，我就去了！好想小三、小四、小五他们！就连凶巴巴的雨鹃姑娘，几天没跟她吵吵闹闹，好像挺寂寞的样子，也有点想她！至于雨凤姑娘，不知道好不好？胖了还是瘦了？她的身子单薄，受了委屈又挨了骂，不知道会不会又想不开？"

云飞震颤了一下：

"我哪有让她受委屈？哪有骂她？"

"那我就不懂了，我听起来，就是你在骂她！"

云飞怔着，抬眼看着天空，叹了一口长气：

"走吧！"

"去哪里？"阿超问。

云飞瞪他一眼，生气地说：

"当然是习惯成自然的那条路！"

阿超好生欢喜，连忙跨着大步，领先走去。

当他们来到萧家的时候，正好小院的门打开，雨凤抱着一篮脏衣服，走出大门，要到井边去洗衣服。

她一抬头，忽然看到云飞和阿超迎面而至。她的心，立刻狂跳了起来，眼睛拼命眨着，只怕是自己眼花看错了，脸色顿时之间，就变得毫无血色了。是他吗？真的是他吗？她定睛细看，只怕他凭空消失，眼光就再也不敢离开他。

云飞好震动，震动在她的苍白里，震动在她的憔悴里，更震动在她那渴盼的眼神里。他润了润嘴唇，好多要说的话，一时之间，全部凝固。结果，只是好温柔地问了一句废话：

"要去洗衣服吗？"

雨凤眼中立刻被泪水涨满，是他！他来了！

阿超看看两人的神情，很快地对云飞说：

"你陪她去洗衣服，我去找小三小五，上次答应帮她们做风筝，到现在还没兑现！"他说完，就一溜烟钻进四合院去了。

雨凤回过神来，心里的委屈，就排山倒海一样地涌了上来。她低着头，紧抱着洗衣篮，往前面埋着头走，云飞跟在她身边。两人默默地走了一段，她才哽咽地说：

"你又来干什么？不是说要跟我'散了'吗？"说出口，她就后悔了。好不容易，把他盼来了，难道要再把他气走吗？可是，她就是管不住自己。

他凝视她，在她的泪眼凝注下，读出许多她没出口的话。

"散，怎么散？昨晚伤口痛了一夜，睡都睡不着，好像那把刀子还插在里面，没拔出来，痛死我！"他苦笑着说。

雨凤一急，所有的矜持都飞走了：

"那……有没有请大夫看看呢？"

云飞瞅着她：

"现在不是来看大夫了吗？"

她瞪着他，不知道是该生气还是该欢喜。

云飞终于叹口气，诚恳地、真诚地、坦白地说：

"没骗你，这几天真是度日如年，难过极了！那天晚上回去，跟家里大吵了一架，气得伤口痛、头痛、胃痛，什么地方都痛！最难过的，还是心痛，因为我对你说了一句，绝对不该说出口的话，那就是'散了'两个字。"

雨凤的眼泪，像断线珍珠一般，大颗大颗地滚落，跌碎在衣襟上了。

两人到了井边，她把要洗的衣服倒在水盆里。他马上过去帮忙，用辘轳拉着水桶，吊水上来。她看到他打水，就丢下衣服，去抢他手中的绳子：

"你不要用力，等下伤口又痛了！你给我坐到一边去！"

"哪有那么娇弱！用点力气，对伤口只有好，没有坏！你让我来弄……"

"不要不要！"她拼命推开他，"我来，我来！"

"你力气小，那么重的水桶，我来！我来！"

两个人抢绳子，抢辘轳，结果，刚刚拉上的水桶打翻了，泼了两人一身水。

"你瞧！你瞧！这下越帮越忙！你可不可以坐着不动呢？"她喊着，就掏出小手帕，去给他擦拭。

他捉住了她忙碌的手，仔细看她：

"这些天，怎么过的？跟我生气了吗？"

她才收住的眼泪，立刻又掉下来，一抽手，提了水桶走到水盆边去，把水倒进水盆里。坐下来，拼命搓洗衣服，泪珠点点滴滴往水盆里掉。

云飞追过来，在她身边坐下，心慌意乱极了：

"你可以骂我，可以发脾气，但是，不要哭好不好？有什么话，你说嘛！"

她用手背拭泪。脸上又是肥皂又是水又是泪，好生狼狈。他掏出手帕给她。她不接手帕，也不抬头，低着头说：

"你好狠心，真的不来找我！"

一句话就让他的心绞痛起来，他立刻后悔了：

"不是你一个人有脾气，我也有脾气！你一直把我当敌人，我实在受不了！可是……熬了五天，我还不是来了！"

她用手把脸一蒙，泪不可止，喊着：

"五天，你不知道五天有多长！人家又没有办法去找你，只有等，等，等！也不知道要等到哪一天？时间变得那么长，那么……长。"

他睁大眼睛，一瞬也不瞬地看着她，简直不知身之所在了，他屏息地问：

"你有等我？"

她哭着说：

"都不敢出门去！怕错过了你！每晚在待月楼，先看你有没有来……你，好残忍！既然这样对我，就不要再来找我嘛！"

"对不起，如果我知道你在等我，我早就像箭一样射到你身边来了，问题是，我对你毫无把握，觉得自己一直在演独角戏！觉得你恨我超过了爱我……你不知道，我在家里，常常为了你，和全家争得面红耳赤，而你还要坍我的台，我就沉不住气了！真的不该对你说那两个字，对不起！"

雨凤抬眼看了他一眼，泪珠掉个不停。他看到她如此，心都碎了，哀求地说：

"不要哭了，好不好？"

他越是低声下气，她越是伤心委屈。半晌，才痛定思痛，柔肠寸断地说：

"我几夜都没有睡，一直在想你说的话，我没有怪你轻易说'散了'。因为这两个字，我已经说了好几次！只是，每次都是我说，这是第一次听到你说！你说完就掉头走了，我追了两步，你也没回头，所以，我想，你不会再来找我了！我们之间，就这么完了。然后，你五天都没来，我越等越没有信心了，所以，现在看到了你，喜出望外，好像不是真的，才忍不住要哭。"

这一篇话，让云飞太震动了，他一把就捧起她的脸，热烈地盯着她：

"是吗？你以为我不会再来找你了！"

她可怜兮兮地点点头，泪盈于睫，说得"刻骨铭心"：

"我这才知道，当我对你说，我们'到此为止'，我们'分手'，我们'了断'，是多么残忍的话！"

云飞放开她的脸，抓起她的双手，把自己的唇，紧紧地贴在她的手背上。一滴泪从他眼角滑落，滚在她手背上，她一个惊跳：

"你……哭了？"

云飞狼狈地跳起来，奔开去，不远处有棵大树，他就跑到树下去站着。

雨凤也不管她的衣服了，身不由己地追了过来。

云飞一伸手，把她拉到自己面前，用手臂圈着她，用湿润却带笑的眸子瞅着她：

"我八年没有掉过泪！以为自己早就没有泪了！"

她热烈地看着他。

"你刚刚说的那些话，对我太重要了！为了这些话，我上刀山，下油锅……都值得了！我没有白白为你动心，白白为你付出！"

雨凤这才祈谅地，解释地说：

"那晚临时改词，是我没有想得很周到，当时，金银花说你们父子三个全来了，我和雨鹃就乱了套……"

他柔声地打断：

"别说了！我了解，我都了解。不过，我们约法三章，以后，无论我们碰到多大的困难，遇到多大的阻力，或者，我们吵架了，彼此生气了，我们都不要轻易说'分手'！好不好？"

"可是，有的时候，我很混乱呀！我们对展家的仇恨，那么根深蒂固，我就是忘不掉呀！你的身份，对我们家每个人都是困扰！连小三、小四、小五，每次提到你的时候，都会说，'那个慕白大哥……不不，那个展混蛋！'我每次和雨鹃谈到你，我都说'苏慕白怎样怎样'，她就更正我说：'不是苏慕白！是展云飞！'就拿那晚来说，你发脾气，掉头走了，我追在后面想喊你，居然不知道该叫你什么名字……"

他紧紧地盯着她：

"那晚，你要叫我？"

她拼命点头：

"可是，我不能叫你云飞呀！我叫不出口！"

他太感动了，诚挚而激动地喊：

"叫我慕白吧！有你这几句话，我什么都可以放弃了！我是你的慕白，永远永远的慕白！以后想叫住我的时候，大声地叫，让我听到，那对我太重要了！如果你叫了，我这几天就不会这么难过，每天自己跟自己作战，不知道要不要来找你！"他低头看她，轻声问："想我吗？"

"你还要问！"她又掉眼泪。

"我要听你说！想我吗？"

"不想，不想，不想，不想……"她越说越轻，抬眼凝视他，"好想，好想，好想。"

云飞情不自禁，俯头热烈地吻住她。

片刻，她轻轻推开他，叹口气：

"唉！我这样和你纠缠不清，要断不断，雨鹃会恨死我！

但是，我管不着了！"就依偎在他怀中，什么都不顾了。

白云悠悠，落叶飘飘，两人就这样依偎在绿树青山下，似乎再也舍不得分开了。

当云飞和雨凤难分难解的时候，阿超正和小三小五玩得好高兴。大家坐在院子里绑风筝，当然是阿超在做，两个孩子在帮忙，这个递绳子，那个递剪刀，忙得不亦乐乎。终于，风筝做好了，往地上一放。阿超站起身来：

"好了！大功告成！"

"阿超大哥，你好伟大啊！你什么都会做！"小五是阿超的忠实崇拜者。

"风筝是做好了，什么时候去放呢？"小三问。

"等小四学校休假的时候！初一，好吗？我们决定初一那天，全体再去郊游一次！像以前那样！小三，我把那两匹马也带出来，还可以去骑马！"

小五欢呼起来：

"我要骑马！我要骑马！我们明天就去好不好？"

"明天不行，我们一定要等小四！"

"对！要不然小四就没心情做功课！考试就考不好，小四考不好没关系，大姊会哭，二姊会骂人……"

雨鹃从房里跑出来：

"小三，你在说我什么？"

小三慌忙对阿超伸伸舌头：

"没什么！"

雨鹃看看阿超和两个妹妹：

"阿超！你别在那儿一厢情愿地订计划了，你胡说两句，她们都会认真，然后掰着手指头算日子！现在情况这么复杂，你家老爷大概恨不得把我们姊妹都赶出桐城去！我看，你和你那个大少爷，还是跟我们保持一点距离比较好！免得下次你又遭殃！"

阿超看着雨鹃，纳闷地说：

"你这个话，是要跟我们划清界限呢？还是体贴我们会遭殃呢？"

雨鹃一怔，被问住了。阿超就凝视着她，话锋一转，非常认真而诚挚地说：

"雨鹃姑娘！我知道我只是大少爷身边的人，说话没什么分量！可是，我实在忍不住，非跟你说不可！你就高抬贵手，放他们一马，给他们两个一点生路吧！"

"你在说些什么？你以为他们两个之间的阻力是我吗？你把我当成什么？砍断他们生路的刽子手吗？你太过分了！"雨鹃勃然变色。

"不要生气，不要生气！你最大的毛病，就是动不动就生气！我知道他们之间，真正的阻力在展家，但是，你的强烈反对，也是雨凤姑娘不能抗拒的理由！"

雨鹃怔着，睁大眼睛看着阿超。他就一本正经地、更加诚挚地说：

"你不知道，我家大少爷对雨凤姑娘这份感情，深刻到什么程度！他是一个非常非常重感情的人！他的前妻去世的时候，他曾经七天七夜，不吃不喝，几乎把命都送掉。八年以来，他不曾正眼看过任何姑娘，连天虹小姐对他的一片心，他都辜负。自从遇到你姊姊，他才整个醒过来！他真的爱她，非常非常爱她！不管大少爷姓不姓展，他会拼掉这一辈子，来给她幸福！你又何必一定要拆散他们呢？"

雨鹃被撼动了，看着他，心中，竟有一股油然而生的敬佩。半晌，才接口：

"阿超！你很崇拜他，是不是？"

"我是个孤儿，十岁那年被叔叔卖到展家，老爷把我派给大少爷，从到了大少爷身边起，他吃什么，我吃什么，他玩什么，我玩什么，他念什么书，我念什么书，老爷给大家请了师父教武功，他学不下去，我喜欢，他就一直让我学……他是个奇怪的人，有好高贵的人格！真的！"

雨鹃听了，有种奇怪的感动。她看了他好一会儿：

"阿超，你知道吗？你也是一个好奇怪的人，有好高贵的人格，真的！"

阿超被雨鹃这样一说，眼睛闪亮，整个脸都涨红了：

"我哪有？我哪有？你别开玩笑了！"

雨鹃非常认真地说：

"我不开玩笑，我是说真的！"想了想，又说："好吧！雨凤的事，我听你的话，不再坚持就是了！"就温柔地说："进来喝杯茶吧！告诉我一些你们家的事，什么天虹小姐，你的童年，好像很好听的样子！"

阿超有意外之喜，笑了，跟她进门去。

这真是一个奇妙的转机。

当雨凤洗完衣服回来，发现家里的气氛好极了，雨鹃和阿超坐在房里有说有笑，小三和小五绕着他们问东问西。桌上，不但有茶，还有小点心。大家吃吃喝喝的，一团和气。雨凤和云飞惊奇地彼此对视，怎么可能？雨鹃的剑拔弩张，怎么治好了？雨鹃看到两人，也觉得好像需要解释一下，就说：

"阿超求我放你们一马，几个小的又被他收得服服帖帖，我一个人跟你们大家作战，太累了，我懒得管你们了，要爱要恨，都随你们去吧！"

云飞和雨凤，真是意外极了。雨凤的脸，就绽放着光彩，好像已经得到皇恩大赦一般。云飞也眼睛闪亮，喜不自胜了。

大家正在一团欢喜的时候，金银花突然气急败坏地跑进门来。

原来，这天一早，就有大批的警察，气势汹汹地来到待月楼的门口，把一张大告示，往待月楼门口的墙上一贴。好多路人，都围过来看告示。黄队长用警棍敲着门，不停地喊：

"金银花在不在？快出来，有话说！"

金银花急忙带着小范、珍珠、月娥跑出来。

黄队长用警棍指指告示：

"你看清楚了！从今晚开始，你这儿唱曲的那两个姑娘，不许再唱了！"

"不许再唱了，是什么意思？"金银花大惊。

"就是被'封口'的意思！这告示上说得很明白！你自

己看！”

金银花赶紧念着告示：

> 查待月楼有驻唱女子，名叫萧雨凤、萧雨鹃二
> 人，因为唱词荒谬，毁谤士绅，有违善良民风。自
> 即日起，勒令‘封口’，不许登台……

她一急，回头看黄队长：“黄队长，这一定有误会！打从盘古开天地到现在，没听说有‘封口’这个词，这唱曲的姑娘，你封了她的口，叫她怎么生活呢？”

“你跟我说没有用，我也是奉命行事！谁叫这两个姑娘，得罪了大头呢？反正，你别再给我惹麻烦，现在不过只是‘封口’而已，再不听话，就要‘抓人’了！你这待月楼也小心了！别闹到‘封门’才好！”

“这‘封口’要封多久？”

“上面没说多久，大概就一直‘封下去’了！”

“哎哎，黄队长，这还有办法可想没有？怎样才能通融通融？人家是两个苦哈哈的姑娘，要养一大家子人，这样简直是断人生路……而且，这张告示贴在我这大门口，你叫我怎么做生意呀？可不可以揭掉呢？”

“金银花！你是见过世面的人！你说，可不可以揭掉呢？”黄队长抬眼看看天空，“自己得罪了谁，自己总有数吧！”

金银花没辙了，就直奔萧家小屋而来。大家听了金银花的话，个个变色。

雨鹃顿时大怒起来：

"岂有此理！他们有什么资格不许我唱歌？嘴巴在我脸上，他怎么'封'？这是什么世界，我唱了几句即兴的歌词，就要封我的口！我就说嘛！这展家简直是混账透顶！"说着，就往云飞面前一冲："你家做的好事！你们不把我们家赶尽杀绝，是不会停止的，是不是？"

云飞太意外，太震惊了：

"雨鹃！你不要对我凶，这件事我压根儿就不知道！你生气，我比你更气！太没格调了！太没水准了！除了暴露我们没有涵养、仗势欺人以外，真的一点道理都没有！你们不要急，我这就回家去，跟我爹理论！"

金银花连忙对云飞说：

"就麻烦你，向老爷子美言几句。这萧家两个姑娘，你走得这么勤，一定知道，她们是有口无心的，开开玩笑嘛！大家何必闹得那么严重呢？在桐城，大家都要见面的，不是吗？"

阿超忙对金银花说：

"金大姊，你放心，我们少爷会把它当自己的事一样办！我们这就回去跟老爷谈！说不定晚上，那告示就可以揭了！"

雨凤一早上的好心情，全部烟消云散，她愤愤不平地看向云飞：

"帮我转一句话给你爹，今天，封了我们的口，是开了千千万万人的口！他可以欺负走投无路的我们，但是，如何去堵悠悠之口？"

雨鹃怒气冲冲地再加了两句：

"再告诉你爹，今天不许我们在待月楼唱，我们就在这桐城街头巷尾唱！我们五个，组成一支合唱队，把你们展家的种种坏事，唱得他人尽皆知！"

阿超急忙拉了拉雨鹃：

"这话你在我们面前说说就算了，别再说了！要不然，比'封口'更严重的事，还会发生的！"

雨凤打了个寒颤，脸色惨白。

小三、小五像大难临头般，紧紧地靠着雨凤。

云飞看看大家，心里真是懊恼极了，好不容易，让雨凤又有了笑容，又接受了自己，好不容易，连雨鹃都变得柔软了，正是"柳暗花明又一村"的时候，家里竟然给自己出这种状况！他急切地说：

"我回去了！你们等我消息！无论如何，不要轻举妄动！好不好？"

"轻举妄动？我们举得起什么？动得起什么？了不起动动嘴，还会被人'封口'！"雨鹃悲愤地接口。

金银花赶紧推着云飞：

"你快去吧！顺便告诉你爹，郑老板问候他！"

云飞了解金银花的言外之意，匆匆地看了大家一眼，带着阿超，急急地去了。

回到家里，云飞直奔祖望的书房，一进门，就看到云翔、纪总管、天尧都在，正拿着账本在对账，云飞匆匆一看，已经知道是虎头街的账目。他也无暇去管纪总管说些什么，也无暇去为那些钱庄的事解释，就义愤填膺地看着纪总管，正色说：

"纪叔！你又在出什么主意？准备陷害什么人？"

"你这说的是什么话？"纪总管脸色一僵。

祖望看到云飞就一肚子气，啪的一声，把账本一合，站起身就骂：

"云飞！你连基本的礼貌都没有了吗？纪叔是你的长辈，你不要太嚣张！"

"我嚣张？好！是我嚣张！爹！你仁慈宽厚，有风度，有涵养，是桐城鼎鼎大名的人物，可是，你今天对付两个弱女子，居然动用官方势力，毫不留情！人家被我们逼得走投无路，这才去唱小曲，你封她们的口，等于断她们的生计！你知道她们还有弟弟妹妹要养活吗？"

祖望好生气，好失望：

"你气急败坏地跑进来，我以为发生了什么大事，以为钱庄有什么问题需要商量！结果，你还是为了那两个姑娘！你脑子里除了'女色'以外，还有没有其他的东西？你每天除了捧戏子之外，有没有把时间用在工作和事业上？你虎头街的业务，弄得一塌糊涂！你还管什么待月楼的闲事！"

云飞掉头看纪总管：

"我明白了！各种诡计都来了，一个小小的展家，像一个腐败的朝廷！"

他再看祖望："虎头街的业务，我改天再跟你研究，现在，我们先解决萧家姊妹的事，怎样？"

云翔幸灾乐祸地笑着：

"爹！你就别跟他再提什么业务钱庄了！他全部心思都在萧家姊妹身上，哪里有情绪管展家的业务？"

云飞怒瞪了云翔一眼，根本懒得跟他说话。他迈前一步，凝视着祖望，沉痛地说：

"爹！那晚我们已经谈得很多，我以为，你好歹也会想一想，那两个姑娘唱那些曲，是不是情有可原？如果你不愿意想，也就罢了！把那晚的事，一笑置之，也就算了！现在，要警察厅去贴告示，去禁止萧家姊妹唱曲，人家看了，会怎么想我们？大家一定把我们当作是桐城的恶势力，不但是官商勾结，而且为所欲为，小题大做！这样，对展家好吗？"

天尧插嘴：

"话不是这样讲，那萧家姊妹，每晚在待月楼唱两三场，都这种唱法，展家的脸可丢大了，那样，对展家又好吗？"

"天尧讲得对极了，就是这样！"祖望点头，气愤地瞪着云飞说，"她们在那儿散播谣言，毁谤我们家的名誉，我们如果放任下去，谁都可以欺负我们了！"

"爹……"

"住口！"祖望大喊，"你不要再来跟我提萧家姊妹了！我听到她们就生气！没把她们送去关起来，已经是我的仁慈了！你不要被她们迷得晕头转向，是非不分！我清清楚楚地告诉你，如果你再跟她们继续来往，我就不认你这个儿子！"

祖望这样一喊，惊动了梦娴和齐妈，匆匆忙忙地赶来。

梦娴听到祖望如此措辞，吓得一身冷汗，急急冲进去，拉住祖望：

"你跟他好好说呀！不要讲那么重的话嘛！你知道他……"

祖望对梦娴一吼：

"他就是被你宠坏了！不要帮他讲话！这样气人的儿子，不如没有！你当初如果没有生他，我今天还少受一点气！"

云飞大震，激动地睁大眼睛，不敢相信地看着祖望。许多积压在心里的话，就不经思索地冲口而出了：

"你宁愿没有生我这个儿子？你以为我很高兴当你的儿子吗？我是非不分？还是你是非不分？你不要把展家看得高高在上了！在我眼里，它像个充满细菌的传染病院！姓了展，你以为那是我的骄傲吗？那是我的悲哀，我的无奈呀！我为这个，付出了多少惨痛的代价，你知道吗？知道吗？"

祖望怒不可遏，气得发昏了：

"你混账！你这是什么话？你把展家形容得如此不堪，你已经鬼迷心窍了！自从你回来，我这么重视你，你却一再让我失望！我现在终于认清楚你了，云翔说的都对！你是一个假扮清高的伪君子！你沉迷，你堕落，你没有责任感，没有良心，我有你这样的儿子，简直是我的耻辱！"

这时，品慧和天虹，也被惊动了，丫头仆人，全在门口挤来挤去。

云飞瞪着祖望，气得伤口都痛了，脸色惨白：

"很好！爹，你今天跟我讲这篇话，把我彻底解脱了！

我再也不用拘泥自已姓什么，叫什么了！我马上收拾东西离开这儿！上次我走了四年，这次，我是不会再回来了！从此之后，你只有一个儿子，你好好珍惜吧！因为，我再也不姓'展'了！"

品慧听出端倪来了，兴奋得不得了，尖声接口：

"哟！说得像真的一样！你舍得这儿的家产吗？舍得溪口的地吗？舍得全城六家钱庄吗?"

梦娴用手紧紧抓着胸口的衣服，快呼吸不过来了，哀声喊：

"云飞！你敢丢下我，你敢再来一次！"

云飞沉痛地看着梦娴：

"娘！对不起！这个家容不下我，我已经忍无可忍了！"

他再看祖望："我会回来把虎头街的账目交代清楚，至于溪口的地，我是要定了！地契在我这里，随你们怎么想我，我不会交出来！我们展家欠人家一条人命，我早晚要还她们一个山庄！我走了！"

云飞说完，掉头就走。梦娴急追在后面，惨烈地喊：

"云飞！你不是只有爹，你还有娘呀！云飞……你听我说……你等一等……"

梦娴追着追着，忽然一口气提不上来，眼前一黑，她伸手想扶住桌子，拉倒了茶几，一阵乒乒乓乓。她跟着茶几，一起倒在地上。

齐妈和天虹，从两个方向，扑奔过去，跪落于地。齐妈惊喊着：

"太太！太太！"

"大娘！大娘！"天虹也惊喊着。

云飞回头，看到梦娴倒地不起，魂飞魄散，他狂奔回来，不禁痛喊出声：

"娘！娘！"

梦娴病倒了。

大夫诊断之后，对祖望和云飞沉重地说：

"夫人的病，本来就很严重，这些日子，是靠一股意志力撑着。这样的病人最怕刺激，和情绪波动，需要安心静养才好！我先开个方子，只是补气活血，真正帮助夫人的，恐怕还是放宽心最重要！"

云飞急急地问：

"大夫，你就明说吧！我娘有没有生命危险？"

"害了这种病，本来就是和老天争时间，过一日算一日，她最近比去年的情况还好些，就怕突然间倒下去。大家多陪陪她吧！"

云飞怔着，祖望神情一痛。父子无言地对看了一眼，两人眼中，都有后悔。

梦娴醒来的时候，已经是黄昏了。她悠悠醒转，立即惊惶地喊：

"云飞！云飞！"

云飞一直坐在病床前，着急而悔恨地看着她。母亲这样一昏倒，萧家的事，他也没有办法兼顾了。听到呼唤，他慌忙俯下身子：

"娘，我在这儿，我没走！"

梦娴吐出一口大气来。惊魂稍定，看着他，笑了：

"我没事，你别担心，刚刚只是急了，一口气提不上来而已。我休息休息就好了！"

云飞难过极了，不敢让母亲发觉，点了点头，痛苦地说：

"都是我不好，让你这么着急，我实在太不孝了！"

梦娴伸手，握住他的手，哀恳地说：

"不要跟你爹生气，好不好？你爹……他是有口无心的，他就是脾气比较暴躁，一生起气来，会说许多让人伤心的话，你有的时候，也是这样！所以，你们父子两个每次一冲突起来，就不可收拾！可是，你爹，他真的是个很热情、很善良的人，只是他不善于表达……"

母子两个，正在深谈，谁都没有注意到，祖望走到门外，正要进房。他听到梦娴的话，就身不由己地站住了，伫立静听。

"他是吗？我真的感觉不出来，难道你没有恨过爹吗？"云飞无力地问。

"有一次恨过！恨得很厉害！"

"只有一次？哪一次？"

"四年前，他和你大吵，把你逼走的那一次！"

云飞很震动：

"其他的事呢？你都不恨吗？我总觉得他对你不好，他有慧姨娘，经常住在慧姨娘那儿，对你很冷淡。我不了解你们这种婚姻，这种感情。我觉得，爹不像你说的那么热情，很多时候，我都觉得他很专制、很冷酷。"

"不是这样的！我们这一代的男女之情，和你们不一样。我们含蓄，保守，很多感觉都放在心里！我自从生了你之后，身体就不太好，慧姨娘是我坚持为你爹娶的！"

"是吗？我从来就不知道！你为什么要这样呢？感情不是自私的吗？"

"我们这一代，不给丈夫讨姨太太就不贤惠。"

"你就为了要博一个贤惠之名吗？"

"不是。我是……太希望你爹快乐。我想，我是非常尊重他、非常重视他的！丈夫是天，不是吗？"

门外的祖望，听到这儿，非常震动，情不自禁地被感动了。

云飞无言地叹了口气。梦娴又恳求地说：

"云飞，不要对你爹有成见，他一直好喜欢你，比喜欢云翔多！是你常常把他排斥在门外。"

"我没有排斥他，是他在排斥我！"

"为了我，跟你爹讲和吧！你要知道，当他说那些决裂的话，他比你更心痛，因为你还年轻，生命里还有许多可以期待的事，他已经老了，越来越输不起了。你失去一个父亲，没有他失去一个儿子来得严重！在他的内心，他是绝对绝对不要失去你的！"

梦娴的话，深深地打进了祖望的心，他眼中不自禁地含泪了。他擦了擦湿润的眼眶，打消要进房的意思，悄悄地转身走了。

他想了很久。当晚，他到了云飞房里，沉痛地看着他，努力抑制了自己的脾气，伤感地说：

"我跟大夫已经仔细地谈过了，大夫说，你娘如果能够拖过今年，就很不错了！云飞……看在你娘的分上，我们父子二人，休兵吧！"

云飞大大地一震，抬头凝视他。他叹口气，声音里充满了怆恻和柔软，继续说：

"我知道，我今天说了很多让你受不了的话，可是，你也说了很多让我受不了的话！好歹，我是爹，你是儿子！做儿子的，总得让着爹一点，是不是？在我做儿子的时候，你爷爷是很权威的！我从来不敢和他说'不'字，现在时代变了，你们跟我吼吼叫叫，我也得忍受，有时候，就难免暴躁起来。"

云飞太意外了，没想到祖望会忽然变得这样柔软，心中，就涌起歉疚之情：

"对不起，爹！今天是我太莽撞了！应该和你好好谈的！"

"你的个性，我比谁都了解，四年前，我不过说了一句：'生儿子是债！'你就闷不吭声地走了！这次，你心里的不平衡，一定更严重了。我想，我真的是气糊涂了，其实……其实……"他碍口地，"有什么分量，能比得上一个儿子呢？"

云飞激动地一抬头，心里热血沸腾：

"爹！这几句话，你能说出口，我今天就是有天大的委屈，我也咽下去了！你的意思我懂了，我不走就是了。可是……"

祖望如释重负，接口说：

"萧家两个姑娘的事，我过几天去把案子撤了就是了！不过，已经封了她们的口，总得等几天，要不然，警察厅当我们在开玩笑！她们两个，这样指着我的鼻子骂了一场，惩罚她们几天，也是应该的！"

"只要你肯去撤案，我就非常感激了，早两天、晚两天都没关系。无论如何，我们不要对两个穷苦的姑娘，做得心狠手辣，赶尽杀绝……"

"我能做到的，也只有这样了，我撤掉案子，并不表示我接受了她们！"祖望皱皱眉头，"我不想再听她们和展家的恩怨，如果她们这样记仇，我们就只好把她们当仇人了！就算我们宽宏大量，不把她们当仇人，也没办法把她们当朋友，更别说其他的关系了！"

"我想，我也没办法对你再有过多的要求了！"

"还有一件事，撤掉了案子，你得保证，她们两个不会再唱那些攻击展家的曲子！"

"我保证！"

"那就这么办吧！"他看看云飞，充满感性地说，"多陪陪你娘！"

云飞诚挚地点下头去。

16

雨凤和雨鹃并不知道梦娴卧病，云飞一时分不开身，没办法赶来，也不知道云飞已经摆平了"封口"的事。姊妹两个等来等去，也没等到云飞来回信，倒是郑老板，得到消息，就和金银花一起过来了。

"这件事，给你们姊妹两个一个教训，尤其是雨鹃，做事总是顾前不顾后，现在吃亏了吧！"郑老板看着雨鹃说。

雨鹃气呼呼地喊：

"反正，我跟那个展夜枭的仇是越结越深了，总有一天，我会跟他算总账的！"

"瞧！你还是这样说，上一次当，都没办法学一次乖！"金银花说，看郑老板，"你看，要怎么办呢？"

"怎么办？只好我出面来摆平呀！"

雨鹃看着郑老板，一脸的愤愤不平，嚷着：

"他们展家，欺负我们两个弱女子，也就算了！可是，现在，已经欺负到你郑老板的头上来了！全世界都知道，我们姊妹两个是你在保护的！待月楼是你在支持的！他们居然让警察厅来贴告示，分明不把你郑老板看在眼睛里！简直是欺人太甚！"

郑老板微笑地看她，哼了一声，问：

"你想要'借刀杀人'，是不是？"

"你说什么？我听不懂！"雨鹃装糊涂。

郑老板瞅着她，直点头：

"雨鹃，雨鹃！聪明啊！咱们这桐城，'展城南，郑城北'，相安无事了几十年，看样子，现在为了你们这两个丫头，要大伤和气了！"

金银花立刻不安地插嘴：

"我想，咱们开酒楼，靠的是朋友，还是不要伤和气比较好！"她转头问雨凤："你想，那个展云飞能不能说服他爹，把这告示揭了呢？"

"我不知道。我想，他会拼命去说服的，可是，他回家也有大半天了，如果有消息，他一定会马上通知我们，最起码，阿超也会来的！现在都没来，我就没什么把握了！"

"我早就听说了，展祖望只在乎小儿子，跟这个大儿子根本不对牌！"郑老板说，"如果是小儿子去说，恐怕还有点用！"

雨鹃的眼光，一直看着郑老板，挑挑眉：

"是不是'北边'的势力没有'南边'大？是不是你很怕得罪展家？"

“你这说的什么话？”郑老板变色了。

“那……警察厅怎么会被他们控制？不被你控制呢？”

“谁说被他们控制？”

“那……你还不去把那张告示揭了！贴在那儿，不是丢你的脸吗？”

“你懂不懂规矩？警察厅贴的告示，只有等警察厅来揭，要不然再得罪一个警察厅，大家在桐城不要混了！”他在室内走了两圈，站定，看着姊妹二人，“好了！这件事你们就不要伤脑筋了！目前，你们姊妹两个先休息几天，过一阵子，我让你们重新登台，而且，还给你们大做宣传，让你们扳回面子，好不好？”

雨鹃大喜，对郑老板嫣然一笑：

“我就知道你一定有办法嘛！要不然，怎么会称为‘郑城北’呢？”她走过去，挽住郑老板的胳臂，撒娇地说：“你给他们一点颜色看看，让他们知道你不是好欺负的！行不行？最好，把他们的钱庄啦，粮庄啦，杂货庄啦，管他什么庄……都给封了，好不好？”

郑老板瞅着她，又好气，又好笑，用手捏捏她的下巴：

“你这个鬼灵精怪的丫头，说穿了，就想我帮你报仇，是不是？”

雨鹃一笑抽身：

“我的仇报不报是小事，别人看不起你郑老板就是大事了！他们展家，在‘南边’嚣张，也就算了，现在嚣张到‘北边’来，嚣张到待月楼来，你真的不在乎吗？”她的大眼睛盈盈然地看着他。"如果我是你，我不会这样忍气吞声的！"

金银花敲了她一记：

"你少说两句吧！你心里有几个弯，几个转，大家都看得清清楚楚！你挑起一场南北大战，对你有什么好处？你以为郑老板被你一煽惑，就会跑去跟人拼命吗？门都没有！"

郑老板挑挑眉毛，微微一笑：

"不过，雨鹃的话，确实有几分道理！"他深深地看着雨鹃，话中有话地说："路很长，慢慢走！走急了会摔跤，知道吗？我忙着呢，不聊了！"走到门口，回头又说："警察厅只说你们不能表演，没说你们不能出现在待月楼！雨鹃，不唱曲就来陪我赌钱吧！你是我的福将！"

"是！"雨鹃清脆地应着。

郑老板和金银花走了。

他们一走，雨凤就对雨鹃不以为然地摇摇头，雨鹃瞪大了眼：

"你有什么话要说？"

"小心一点，别玩火！"

"太迟了！自从寄傲山庄火烧以后，到处都是火，不玩都不行！"雨鹃顽强地答着，"我看，你那个'苏相公'有点靠不住，如果不抓住郑老板，我们全家，只好去喝西北风了！"

雨凤默然不语。真的，那个"苏相公"，在做什么呢？

云飞一直守着梦娴，不敢离开。

一场"父子决裂"的争端，在梦娴的"生死关头"紧急刹车，对祖望和云飞，都是再一次给了对方机会，彼此都有容忍，也有感伤。但是，对云翔来说，却怄得不得了。好不容易，可以把云飞赶出门去，看样子，又功败垂成了。

天尧也很怄，气冲冲地说：

"太太这一招苦肉计还真管用，大夫来、大夫去地闹了半天，云飞也不走了，老爷居然还去云飞房里挽留他！刚刚，老爷把我爹叫去说，过个几天，就撤掉待月楼'封口'的案子！你看，给太太这样一闹，云飞搞不好来个败部复活！"

天虹一面冲茶，一面专注地听着。

云翔气坏了：

"怎么会这样呢？简直气死我！爹怎么这样软弱？已经亲口叫他滚，居然又去挽留他，什么意思嘛！害我们功亏一篑！"

天虹倒了一杯茶给云翔，又倒了一杯茶给天尧，忍不住轻声说：

"大娘的身体真的很不好，不是什么苦肉计。哥，我们大家从小一起长大的，现在一定要分成两派，斗得你死我活吗？为什么不能平安相处呢？云飞不是一个很难相处的人呀！你对他一分好，他就会还十分……"

天虹话没说完，云翔就暴跳如雷地吼起来了：

"你听听这是什么话？下午在书房里，我还没有清算你，听到云飞要走，你那一双眼睛就跟着人家转，大娘做个姿态昏倒，你扶得比谁都快！到底谁是你真正的婆婆，你弄得清楚，还是弄不清楚？这会儿，你又胳膊肘向外弯，口口声声说他好！他好，我和你哥，都是混蛋，是不是？"

天尧连忙站起身劝阻：

"怎么说说话也会吵起来？天虹，你也真是的，哪壶不开提哪壶！你该知道云翔现在一肚子怄，你就不能少说两句吗？"

天虹不敢相信地看着天尧：

"哥！你也怪我？你们……你们已经把云飞整得无路可走了，把大娘急得病倒了，你们还不满意？哥，你记不记得我们小时候，大娘有好吃的，有好玩的，只要云飞云翔有，就绝对不忘记给我们一份！我们不感恩也算了，这样整他们，不会太过分了吗？"

云翔暴跳起来：

"天尧！你自己听听，她说的是什么话？每次你们都怪我，说我对她不好，现在你看到了吧？听到了吧？她心里只有那个伪君子！一天到晚，想的是他，帮的是他，你叫我怎样忍这口气？"

天虹悲哀地说：

"不是这样！我今天实在忍不住了才说，人！不能活得毫无格调……"

云翔扑过去，一把就抓起天虹的胳臂：

"什么叫活得没格调！你跟我解释解释！我怎么没格调？你说说清楚！"

天虹手腕被扭着，痛得直吸气，却勇敢地说：

"你心里明白！如果你活得很有格调，人品非常高贵，你就会宽大为怀，就会对身边的每个人都好！你有一颗仁慈的心，你的孩子，才能跟你学呀！”

“什么孩子？”云翔一怔。

天尧听出端倪来了，往前一冲，盯着天虹问：

“你有孩子了？是不是？是不是？”

天虹轻轻地点了点头，不知是悲是喜地说：

“我想，大概是的。”

天尧慌忙把云翔抓着天虹的手拉开，紧张地叫：

“云翔！你还不快松手！”

云翔急忙松手，一瞬也不瞬地看着她：

“你‘有了’？你‘怀孕’了？”

天虹可怜兮兮地点点头。天尧慌忙小心翼翼地把她扶到椅子上坐下。然后，他抬头看着云翔，看了半天，两人这才兴奋地一击掌。

“哇！恭喜恭喜！恭喜恭喜！”天尧大叫。

云翔一乐，仰天狂叫起来：

“哇！天助我也！天助我也！我去告诉爹，我去告诉娘……”

“等明天看过大夫再说，好不好呢？还没确定呢！”天虹急忙拉住他。

“等什么等？你说有了，就一定有了！”

他就急匆匆地冲出门去，冲到花园里，一路奔着，一路大喊：

“爹！娘！你们要当爷爷奶奶了！天虹有孕了！纪叔！你

要当外公了！天虹有孕了！爹！娘……大家都出来呀！有好消息啊！"

云翔这样大声一叫，祖望、品慧、纪总管和丫头们家丁们都惊动了，从各个角落奔出来，大家围绕着他。

"你说什么？是真的吗？天虹有喜了？"祖望兴奋地问。

"真的！真的！"

品慧立即眉开眼笑，一迭连声地喊：

"锦绣呀！赶快去请周大夫来诊断诊断！小莲呀！叫厨房炖个鸡汤！张嫂，去库房里把那个上好的当归人参都给我拿来！"

丫头、仆人一阵忙忙碌碌。

纪总管又惊又喜，拉着天尧，不太放心地问：

"这消息确定吗？不要让大家空欢喜呀！"

"是天虹自己说的，大概没错了！她那个脾气，没有百分之百的把握，会说吗？"

祖望一听，更是欢喜，拉着纪总管的手，亲热地拍着：

"亲家！这真是天大的好消息，我都五十五岁了，这才抱第一个孙子呀！我等得头发都白了！等得心里急死了！云飞连媳妇都还没有，幸好云翔娶了天虹……亲家，我要摆酒席，我要摆酒席！"

云翔踌躇满志，得意非凡，狂笑地喊着：

"爹，抱孙子有什么难？我每年让你抱一个！你不用指望云飞了，指望我就行了！"

品慧笑得合不拢嘴：

"是啊！是啊！明年生一个，后年再生一个！"

祖望乐不可支，笑逐颜开：

"总算，家里也有一点好消息，让我的烦恼，消除了一大半！"

"爹！你不要烦恼了，你有我呀！让我帮你光大门楣，让我帮你传宗接代！"云翔叫得更加嚣张了。

院子里，一片喧哗。用人、丫头、家丁也都跑来道喜。整个花园，沸沸扬扬。云飞被惊动了，站在梦娴的窗前，看着窗外的热闹景象。

齐妈扶着梦娴走了过来，也看着。

云飞一回头，看到梦娴，吓了一跳：

"娘！你怎么下床了？"

梦娴软弱地微笑着：

"我已经没事了！你不用为我担心！"她看着云飞，眼中闪着渴盼："好希望……你也能让我抱孙子。只怕我……看不到了。"

云飞怔住，想到梦娴来日无多，自己和雨凤又前途茫茫，这个"孙子"，真的是遥遥无期。可怜的母亲，可怜她那微小的，却不能实现的梦！他的心中，就被哀愁和无奈的情绪，紧紧地捉住了。

云飞直到第三天，梦娴的病情稳定了，才有时间去萧家小院看雨凤。

雨凤看到他来，就惊喜交集了：

"这么一早，你跑来做什么？昨晚，阿超已经来过，把你家的情况都告诉我了！你爹答应揭掉告示，已经很不容易了，我们多休息几天，没有关系的！金银花说，不扣我们的薪水。你娘生病，你怎么不在家里陪着她，还跑出来干什么？不是她病得挺重吗？"

"不亲自来看你一趟，心里是千千万万个放不下。我娘……她需要休息，需要放宽心，我陪在旁边，她反而不自在。齐妈拼命把我赶出来，说我愁眉苦脸，会让她更加难过。"

"到底是什么病呢？"雨凤关心地问。

"西医说，肾脏里长了一个恶性肿瘤。中医说，肚子里有个'痞块'，总之，就是身体里有不好的东西。"

"没办法治吗？"

云飞默默摇头。

小四背着书包，在院落一角，跟阿超一阵嘀嘀咕咕。这时，小四要去上学了，阿超追在他后面，对他嚷嚷着：

"你不要一直让他，让来让去就让成习惯了，别人还以为你是孬种！跟他打，没有关系！"

雨鹃从房里追出来：

"阿超，你怎么尽教他跟人打架！我们送他去念书，不是打架的！"

"可是，同学欺负他，不打不行！"阿超生气地说。

雨鹃一惊，拉住小四：

"同学欺负你吗？怎么欺负你？"

"没有！没有啦！"小四一边挣扎，一边掩饰。

　　"怎么欺负你？哪一个欺负你？有人打你吗？骂你吗？"雨凤也追着问。

　　"没有！没有！我说没有，就是没有嘛！"

　　"你好奇怪，有话只跟阿超说，不跟我们说！"雨鹃瞪着他。

　　"因为阿超是男人，你们都是女人嘛！"

　　"可见确实有人欺负你！你不要让我们着急，说嘛！"雨鹃喊。

　　"到底怎么回事？"云飞看阿超。

　　阿超看小四，不说话。小四隐瞒不住了，一跺脚：

　　"就是有几个同学，一直说……一直说……"

　　"说什么？"雨鹃问。

　　"说你们的坏话嘛！说唱曲的姑娘都是不干不净的……"

　　雨鹃一气，拉着小四就走：

　　"哪一个说的？我跟你去学校，我找他理论去！"

　　"你去不如我去！"阿超一拦。

　　"你有什么立场去？"

　　"我是小四的大哥！我是你们的朋友！"

　　小四着急，喊：

　　"你们都不要去，我可以对付他们！我不怕，阿超已经教了我好多招数了，要打架，我会把他们打得落花流水！你们去了，我会被人笑死！"

　　"小四说得对！"云飞点点头，"学校里的世界，就是一个小小的社会，有它温馨的地方，也有它残酷的地方！不论是好是坏，小四都只能自己去面对！"

小四挺挺背脊，把书包带子拉了拉，一副要赴战场的样子：

"我走了！"

雨凤雨鹃都情不自禁地追到门口，两人都是一脸的难过，和一脸的不放心。

"你们的老师也不管吗？"雨凤喊。

"告老师的人是'没种'！我才不会那么低级！"说完，他昂头挺胸，大步走了。

阿超等小四走远了，对姊妹俩说：

"我跟着去！你们放心，我远远地看着，如果他能应付，也就算了，要不然，我不能让他吃亏！"说完，就追着小四去了。

雨鹃心里很不舒服，一甩头进屋去生气。

云飞低头看着雨凤，她垂着头，一脸的萧索。他急忙安慰：

"不要被这种小事打倒，不管别人说什么，你的人品和气质，丝毫都不会受影响！"

雨凤仍然低着头，轻声地说：

"人生是很残酷的，大部分的人，和小四的同学一样，早就给我们定位了！"

云飞怔了怔，知道她说的是实情，就无言可答了。

雨凤的哀愁，很快就被阿超给打断了。他去追小四，没多久就回来了，带着满脸的光彩，满眼睛的笑。一进门就比手画脚，夸张地说：

"小四好了不起！他就这样一挥拳，一劈腿，再用脑袋一撞，三个同学全被他震了开去，打得他们个个鼻青脸肿，哇哇大叫。当然，小四也挨了好几下，不过，绝对没让那三个占到便宜！打得漂亮极了！真是我的好徒弟，这些日子，没有白教他，将来，一定是练武的料子！"

云飞、雨凤、雨鹃、小三、小五全听得目瞪口呆。

"哇！四哥那么厉害呀？"小五崇拜地说。

"你有没有太夸张？他一个打三个怎么可能不吃亏？"雨鹃很怀疑。

"我跟在后面，会让他吃亏吗？如果他打不过，我一定出去帮忙了！"

"可是，他这样和同学结下梁子，以后怎么办？天天打架吗？"雨凤很着急。

阿超心悦诚服地喊着：

"你们真的不用操心小四了，他适应得非常好！你们没看到，打完了架，老师出来了，拼命追问打架的原因，小四居然一肩扛下所有责任，不肯说同学欺负他，反而说是大家练功夫，真是又义气、又豪放、又机警！那些同学都被他收服了，我可以打包票，以后没有人敢欺负他了！"

"听你这样侃侃而谈，大概，你也被他收服了！"雨鹃说。

阿超眉飞色舞，开心地喊：

"小四吗？他只有十岁耶，我佩服他，我崇拜他！"

雨鹃看着阿超，有着真心的感动：

"你和小四，如此投缘，我就把他交给你了！你好好照顾他！"

阿超也看着雨鹃，笑嘻嘻地问：

"这是不是表示，你对我们的敌意，也一笔勾销了？"

"我没有办法，去恨一个照顾我弟弟的人！"雨鹃叹口气。

云飞立刻接口，诚恳地说：

"那么，对一个深爱你姊姊的人，你能恨吗？"

雨鹃一怔，抬眼看看云飞，又看看雨凤：

"我早就投降了！我斗不过你们！"她就盯着云飞说："我只认苏慕白，不认展云飞！如果有一天，你对不起雨凤，我会再捅你一刀，我力气大，绝对不会像雨凤那样不痛不痒！至于你怎样可以只做苏慕白，不做展云飞，那就是你的问题了！"

云飞头痛地看雨凤。雨凤微微一笑：

"我昨天学到一句话，觉得很好！'路很长，要慢慢走，走急了，会摔跤！'"

云飞听了，怔着，若有所悟。

雨鹃听了，也怔住了，若有所思。

这晚，云翔带着天尧和随从，到了待月楼门口，嚣张地吆喝着：

"金银花！雨鹃！雨凤！我来解救你们了！这'封口'的事嘛，到此为止！你们还不出来谢我，幸亏我跟老爷子求情……"

云翔喊了一半，抬头一看，待月楼门前的告示早就揭掉了，不禁一愣。

云翔再一注意，就听到楼内，传来雨凤和雨鹃的歌声。他呆了呆，看天尧：

"谁把这告示揭了？好大的胆子！谁许她们姊妹两个又开唱的？纪叔不是说，今晚才可以取消禁令吗？"

天尧好诧异，抓抓头：

"嘿！这事我也搞不清楚！大概金银花急了，听说这两个妞儿不唱，待月楼的生意就一落千丈，所以，她们就豁出去，不管警察厅的命令了吧？"

"岂有此理！那怎么成？警察厅的告示，是随便可以揭掉的吗？这金银花也太大胆了！"他对着大门乱喊，"金银花！出来出来……"

这样一阵喧嚣，早就有人进去通报了。

金银花急急赶出来，身后，还跟着郑老板。金银花看到云翔就眉开眼笑地说：

"哎哟！展二少爷，你可来了！我还以为咱们待月楼得罪了你，你就再也不上门了呢！来得好，以前的不愉快，大家都别放在心上！两个丫头已经尝到滋味了，不敢再冒犯了！来来来！快进来坐……"

云翔盛气凌人地问：

"金银花，我问你！是谁揭了门口的告示？"

金银花还没说话，郑老板好整以暇地开口了：

"那个告示吗？是警察厅李厅长亲自揭掉的！已经揭了三

天了，怎么展二爷还不知道啊？"

云翔一愣，瞪着郑老板，不相信地：

"李厅长亲自揭的？"

金银花笑嘻嘻地说：

"是呀！昨晚，待月楼才热闹呢，李厅长和孙县长都来捧两个丫头的场，黄队长和卢局长他们全体到齐，几乎把待月楼给包了！好可惜，你们展家怎么不来凑凑热闹呢？"

云翔傻了，回头看天尧。天尧想想，机警地对郑老板一笑：

"哦，原来是这样！郑老板，您好大面子！不愧是'郑城北'啊！"

"哈哈！好说好说！"郑老板笑着。

云翔脸色十分难看，金银花忙上前招呼：

"大家不要站在这门口说话，里面坐！"

郑老板看着云翔：

"雨凤和雨鹃刚表演完，我呢，正和高老板赌得热火，你要不要加入我们玩玩？至于两个丫头上次得罪的事，已经罚过了，也就算了，你说是不是？"

"是啊！是啊！好歹，你们都是男子汉，还跟这小妞儿认真吗？宰相肚里能撑船嘛！"金银花笑着接口。

"不过今晚牌风蛮大的！"郑老板说。

"今晚，咱们好像没带什么钱！"天尧暗暗地拉了拉云翔的衣服。

云翔大笑：

"没带钱来没关系，能带钱走就好了！"

"展二爷，这郑老板的牌最邪门，手气又旺，我劝你还是不要跟他赌！高老板已经输得冒汗了！"金银花警告着。

云翔一听，埋头就往大厅走去：

"来来来！看看这天九王，是不是也是'北边'的？"

他们大步走进待月楼，大厅中，和以往一样，热热闹闹，喧喧哗哗。他们三个一落座，珍珠、月娥、小范就忙着上茶上酒。

金银花进入后台，带着雨凤和雨鹃出来。两姊妹已经换了便装，两人都已做好心理准备，带着满脸的笑，走了过来。

郑老板洗着牌，问云翔：

"我们玩大牌九，还是小牌九？"

"小牌九就好！一翻两瞪眼，简单明快！大牌九配来配去，太麻烦了！"

"好极！我也喜欢简单的！我们两个赌，还是大家一起来？"

"大家一起来吧！"高老板说。

"是啊！赌得正起劲！"许老板也说。

"你坐庄？还是我坐庄？"郑老板再问云翔。

"我来坐庄！欢迎大家押！押越大越好！"云翔意兴风发。

"好！你坐庄，我坐'天门'！雨鹃！准备筹码！"郑老板把牌推给云翔。

雨鹃捧了一盒筹码，走到云翔面前，嫣然一笑：

"展二爷，你要多少钱的筹码？"

云翔抬眼看她：

"哟！什么时候这么客气，居然叫我展二爷？今晚，有没有编什么曲儿来骂人呀？"

"被你吓坏了，以后不敢了，你大人不计小人过！"雨鹃娇笑着说。

"你是真道歉，还是假道歉呢？"云翔斜睨着她，"我看你是'吓不坏'的，反正，有郑老板给你撑腰，还有什么可怕呢？是不是？"

"不不不！你可怕，不管有谁给我撑腰，你永远是最'可恶'的，说错了，是最'可怕'的！好了，少爷，大家等着你开始呢，你要两百块？还是五百块？"

"云翔！别赌那么大！"天尧着急，低声说。

云翔有气，大声说：

"拿一千来！"

郑老板笑而不语。

大家开始热热闹闹发筹码，接着就开始热热闹闹地赌钱。

云翔第一把就拿了一副对子，通吃，他好得意，大笑不止。筹码全体扫到他面前。第二把，他又赢了。他更是笑得张狂，笑着笑着，一抬头看到雨凤。他忽然对雨凤感兴趣起来了：

"雨凤！你坐我身边，我赢了给你吃红！"

雨凤面有难色，金银花瞪她一眼，她只好坐到云翔身边来。云翔对她低声说：

"我跟你说实话，我对你一直非常非常好奇，你对我们家那个老大是真心呢，还是玩游戏？"

"我对你才很好奇！你是不是从小喝了好多墨水？"雨凤也低声说。

"啊？你觉得我学问好？"云翔听不懂。

"我觉得你的五脏六腑，心肝肠子，全是黑的！"

"骂人啊？"云翔好纳闷，"能唱着骂，能说着骂，还能拐弯骂！厉害厉害！"

谈笑间，云翔又赢了。他的心情太好，大笑着说：

"大家押呀！押呀！多押一点！不要客气！"

郑老板下了一个大注，其他两家跟进。

云翔狂笑着掷骰子，砌牌，发牌，嚣张之至。三家牌都不大好，高老板叹气，许老板毛躁，郑老板拿了一张一点，一张两点，云翔大乐：

"哇！今晚庄家的牌太旺了！金银花，雨凤！雨鹃！天尧！你们怎么都不插花？放着赢钱的机会都不会把握！笨啦！"

云翔一张牌是四点，开第二张牌。

高老板、许老板嘴里都吆喝着：

"六点！六点！"

云翔兴奋地叫着：

"对子！板凳！对子！板凳……"

云翔捂着牌，开上面一半，赫然是两个红点。这副牌极有可能是板凳对，也极有可能是六点。如果是板凳对，又是通吃。如果是六点，两张牌加起来就是十点，称为瘪十，瘪十是最小的牌，会通赔。大家紧张得不得了，天尧的眼珠瞪着云翔手里的牌。云翔嘴里喊得震天价响，再开下面一半，赫然是六点，竟是瘪十，通赔。

大家哗然，云翔大骂：

"岂有此理！是谁给我把瘪十喊来的？小心一点！别触我霉头！来来来，再押！再押……"

从这一把牌开始，云翔一路背了下去。桌上筹码，推来推去，总是推到别人面前。郑老板不愠不火，沉着应战。金银花笑容满面，从容观战。雨鹃不住给郑老板助威。雨凤静静坐着，不大说话。天尧代云翔紧张，不住扼腕叹气。

客人们逐渐散去，只剩下了这一桌。窗外的万家灯火，都已陆续熄灭。云翔输得面红耳赤，桌上的筹码，全部集中到郑老板面前。

高老板退出了，许老板也走了。桌上，剩下郑老板和云翔对赌。云翔不停地拿筹码付筹码，天尧不住地擦汗。雨凤雨鹃对看，乐在心头，心照不宣。珍珠、月娥在一边打瞌睡。

最后，云翔又拿了一个瘪十，丢下牌，跳起身大骂：

"真是活见鬼！我简直不相信有这种事！太离谱了！怎么可能这么背呢！"

天尧脸色铁青。

雨凤打了一个哈欠。

郑老板推开牌，站起身来：

"太晚了！耽误待月楼打烊了！展二爷，如果你兴致不减，我们明晚再来！"

“一言为定！”云翔大声说，看筹码，“我输了多少？”

“不到一千！八百二十！”金银花算着。

“郑老板，我先欠着！来，账本拿来！我画个押！”云翔喊。

“不急，不急！尽管欠着！还没赌完呢，明晚再来！”郑老板笑着。

金银花拿过账本和笔墨，云翔龙飞凤舞地签上名字。

账本啪的一声合上了。

从这一天开始，云翔成了待月楼的常客，他来这儿，不再是为了和雨凤雨鹃斗法，而是为了和郑老板赌钱。赌，是一样奇怪的东西，它会让人陷进一种莫名的兴奋里，取代你所有的兴趣，让你血脉偾张，越陷越深，乐此不疲。

云翔就掉进这份血脉偾张的刺激里去了。

和云翔相反，云飞却很少再到待月楼来了。他宁可在萧家小屋里见雨凤，宁愿把她带到山前水畔去，而避免在待月楼和云翔相见的尴尬场面。

这兄弟两个，和这姊妹两个，就这样度过了一段比较相安无事的日子。

17

对萧家姊弟来说，接下来的这段日子，真是难得那么平静。小三小四小五不用再去"恨"云飞和阿超，都如释重负，快乐极了。

这天，云飞和阿超带了一辆崭新的脚踏车，走进萧家小院。阿超把车子往院内一放，咧着大嘴，向拥到院中来看的五个兄弟姊妹笑。云飞站在旁边解释：

"我一直觉得，你们五个，缺乏一件交通工具！不论到哪儿，都是走路，实在有点没效率，所以，我买了一辆自行车来，你们可以轮流着用，上街买个东西，出门办点事，就不会那么不方便了！"

"你又变着花样给我们送东西来就对了！我不是说过不要这样子吗？这自行车好贵，根本是个奢侈品嘛！"雨凤说。

"衣食住行，它是其中一项，怎么能算是奢侈品呢？"云飞辩着。

小三、小四、小五早就跑过去，摸摸这儿，摸摸那儿，对那辆车子兴趣浓厚。雨鹃兴趣也大极了，走过去按了按车铃：

"可是，我们五个，没有一个会骑车啊！"

"那个嘛，包在我身上了！"阿超笑得更开心了。

结果，那天，全体都跑到郊外去学骑车。因为只有一辆车，不能同时学，大家干脆把风筝也带去了，算是郊游。当阿超在教雨鹃骑车的时候，小四和小五就在山坡上抢着放风筝，大家嘻嘻哈哈，笑得好高兴。雨凤和云飞，好久没有听到这样的笑声，看到这样的欢乐的画面，两人看着看着，想到这些日子以来，经历的种种事情，就都觉得已经再世为人了。

雨鹃骑在车上，骑得危危险险，歪歪倒倒，险象环生。阿超努力地当教练，推着车子跑，跑得满头大汗，紧紧张张：

"你扶稳了把手，不要摇摇晃晃地，身子要平衡，脚用力踩，对了，对了！越来越好！大有进步！"阿超一面跑着，一面教着。

小三在一边看，拼命给雨鹃加油：

"努力！努力！骑快一点！快一点！二姊，等你学会了，就轮到我了！阿超，是不是下面就轮到我了？"

"是啊！下面轮到你！"

小四从山坡上回头大叫：

"不行！下面要先轮到我！我学会了比较有用，每次帮你们跑腿买东西，就不会那么慢了！"

"我才比较有用，你现在都在上学，跑腿都是我在跑！"小三喊。

阿超扶着车，跑着，喊着：

"没关系！没关系！一个一个来，保证全体教会你们……"

正说着，车子到了一个下坡，向下飞快滑去，阿超只得松手。

"我松手了！你自己控制车子……"阿超喊着。

"什么？你松手了？"雨鹃大叫，回头看了一眼，"不得了！阿超……阿超……你怎么能松手呢？怎么办？怎么办……"她尖叫起来。

"扶稳龙头，踩脚刹车，按手刹车……"阿超大喊着，看看情况不对，又冲上前去追车子。

"脚刹车在哪里？手刹车在哪里？不得了……不得了！阿超……前面有一棵树呀！树……树……树……"她急着按手刹车，慌乱中按成了车铃。

"转开手龙头！往右转！往右转……"阿超急喊。

雨鹃急转手龙头，却偏偏转成左方，于是车子就一面丁零丁零地响，一面对着那棵树笔直地冲过去。

雨凤、云飞、小三、小四、小五全都回过头来，雨凤惊喊：

"小心呀！雨鹃……"

就在这千钧一发的时候，阿超飞跃上前，一把拉住车子的后座。岂知，车子骤然一停，雨鹃的身子就飞跃出去。阿超抛下车子，腾身而起，蹿到车子前方，伸手一接。她不偏不倚，正好滚进他的怀里，这股冲力，把两人都撞到地下。他本能地抱紧她，护着她的头。两人在斜坡上连续滚了好几滚，刺啦一声，阿超的衣袖被荆棘扯破了。总算，两人停住了，没有继续下滑。雨鹃惊魂未定，抬眼一看，和阿超灼灼然的眸子，四目相接，两人都有一刹那的怔忡。

雨凤、云飞、小三、小四、小五全都追了过来。云飞喊：

"摔着没有？阿超！你怎么不照顾好雨鹃？"

"雨鹃！你怎样？站得起来吗？"雨凤跟着喊。

雨鹃这才醒觉，自己还躺在阿超怀里，急忙跳起来，脸红了。

"我没事！我没事！"她喊着，低头看阿超，"有没有撞到你？"

阿超从地上弹了起来，笑着说：

"撞是没撞到，不过，给树枝刮了一下！"

"哪儿？哪儿？给我看看！"雨鹃一看，才发现阿超的袖子扯破了一大片，手臂上刮了一条伤口。

小三跑过来看：

"二姊，你真笨，骑个车，自己摔跤不说，还让老师受伤！"

"你敢骂我笨，等你自己学的时候就知道了！"雨鹃对小三掀眉瞪眼。

"还真有点笨，我跟你说往右转，你怎么偏偏往左转？"阿超笑着问。

雨鹃瞪大眼睛，也笑着，嚷：

"那么紧张，哪里还分得清左呀右呀，手刹车，脚刹车的！最气人的是那棵树！它居然待在那儿不动，看到本姑娘来了，听到车铃叮叮当当响，也不让让！"

这一说，大家全都笑开了。

小五一手拖着风筝，一手抱着小兔子，笑得好开心，崇拜地说：

"二姊，你摔得好漂亮，就这样咻的一声飞出去，好像箭一样！"

小四不服气地大声接口：

"是阿超接得漂亮！先蹿过去接车子，再一伸手接人，好像在表演功夫！"

阿超和雨鹃对看一眼，笑了。雨凤和云飞对看一眼，也笑了。小三、小四、小五通通都笑了。

云飞看到大家这么快乐，这么温馨，心里充满了安慰和感动。雨凤也是如此。悄悄地，两人离开了大伙，走到山林深处。站在绿树浓荫下，面对浮云白日，万树千山。两人都有好深好深的感慨。

"在经过了那么多灾难以后，我简直不敢相信，会有这样温馨的一天！我娘的身体状况稳住了，我的伤口也完全好了，你对我的恨……"云飞凝视她，"慢慢地淡了，连雨鹃，似乎都从仇恨中醒过来了。这一切，使我对未来又充满了希望，你瞧，我们大家不去恨，只去爱，可以过得好快乐，不是吗？"

雨凤沉思，似乎没有云飞那么乐观：

"你不要被雨鹃暂时的平静骗住，我知道，她最近心情好，是另有原因。"

"什么原因？"

"你也看到了，你那个弟弟，最近很倒霉！输了好多钱给郑老板和高老板他们，已经快变成待月楼的散财童子了！只要展夜枭倒霉，雨鹃就会很快乐！但是，她心里的恨，还是波涛汹涌，不会消失的！"

"云翔输了很多吗？有多少？"云飞不能不关心。

"我不清楚。他每次好像都是赢小的，输大的！反正是越赌越大就对了！我想，你家有万贯家财，才不在乎输钱，可是，那些数字，常常会吓坏我！人，真不公平，有人一个晚上，千儿八百地输，有人辛辛苦苦，一辈子都看不到那么多钱！"

"他赌那么大，拿什么来付呢？我家虽然有钱，什么开销都要入账的，他怎么报账呢？"云飞很惊异。

"那就是你家的事了！好像他一直在欠账，画了好多押！"

云飞想想，有些惊心。再看雨凤，临风而立，倩影翩翩，实在不想让云翔的话题来破坏这种美好的气氛，就用力地甩甩头，把云翔的影子甩走：

"我们不要管云翔了，随他去吧！"他抓住她的手，看进她眼睛深处去。心里有句话，已经萦绕了好久，不能不说了："你愿不愿意离开待月楼？你知道吗？这种日子对我来说，很痛苦！我每晚看着那些对你垂涎欲滴的男人，心里七上八下。看着，会怄。不看，好担心！这种日子，实在是一种煎熬！"

雨凤一听，就激动起来：

"说穿了，你就是很在乎我的职业！其实，你和你的家人一样，对我们这个工作，是心存轻视的！"

"不是轻视，是心痛！"

"说得好听，事实上，还是轻视！如果我是个女大夫什么的，即使也要和男人打交道，你就不会'心痛'了！"

"我承认，我确实不舒服！难道，你认为我应该很坦然吗？当那个高老板色眯眯地看着你，当许老板有事没事，就去拉拉你的小手，当金银花要你去应酬这桌，应酬那桌，当客人吵着闹着要你喝酒……你真认为我应该无动于衷吗？"

她抬眼，幽幽地看着他：

"我知道，我和你之间，问题还是很多很多，一样都没有解决！基本上，我对展家的排斥，并没有减轻一丝一毫。我和以前一样坚决，我不会嫁到展家，去做展家的儿媳妇，我爹在天上看着我呢！既然对未来没把握，我宁愿在待月楼自食其力，不愿意被你'金屋藏娇'，我说得够明白了吗？"

他震动地盯着她，是的，她说得好明白。"金屋藏娇"对她来说，比唱曲为生，是更大的辱没，这就是她自幼承继的"尊严"。他还来不及说什么，雨凤又正色地，诚挚地说：

"不过，让我郑重地告诉你，我虽然在那个恶劣的环境里生存着，我仍然洁身自爱，是清清白白、干干净净的！"

云飞心中猛然抽痛，他着急地把她的手紧紧一握，拉在胸前，激动地说：

"我不是这个意思，如果我有怀疑这个，让我被天打雷劈！"

她深深地凝视他：

"我跟你保证，如果有一天，我真的嫁给了你，我交给你的，一定是个白璧无瑕的身子！"

"雨凤！"他低喊。

"所以，你不要再挑剔我的职业了，我好无能，除了唱小曲，也不会做别的！"

"我不说了！我再也不说了，我尊重你的意志！但是，你什么时候才要嫁我呢？嫁了我，就不算被我'金屋藏娇'了，是不是？"

"你身上的伤口已经好了，我们一家五口，心上的伤口都没好！直到现在，我们每个人都会从噩梦中惊醒，看到我们浑身着火的爹……请你不要勉强我，给我时间去复元。何况，你的爹娘，也没准备好接受我！我们双方，都有太多的阻力……如果你愿意等我，你就等，如果你不愿意等我，你随时可以娶别人！"

"你又来了！说这句话，真比拿刀捅我，还让我痛！"他紧紧地看着她，看得深深切切，"我等！我等！我不再逼你了，能够有今天，和你这样愉快地在一起，听着小三、小四、小五，甚至雨鹃的笑声……在以前，我连这样的梦都不敢做！所以，我不该再苛求了，应该全心来珍惜现在所拥有的！"

雨凤点头，两人都深情地看着对方，他轻轻一拉，她就偎进了他的怀里。他们就这样静静地站着，听着风声，听着鸟鸣。野地里有一棵"七里香"，散发着清幽幽的香气，空气里荡漾着醉人的秋意，他们不由自主，就觉得醺然如醉了。

那天，大家都玩得好开心，笑得好过瘾，学骑车学得个个兴高采烈。

学完了骑车，回到萧家小屋，雨鹃不由分说，就把阿超拉到里间房的通铺上，忙着帮他上药。阿超褪下了衣袖，坐在那儿，好不自然，手脚都不知道往哪儿放。雨鹃上药，小三、小四、小五全围在旁边帮忙。房间太小，人挤不下，雨凤和云飞站在通外间屋的门口，笑嘻嘻地看着这一幕。小五不住口地吹着伤口，心痛地喊：

"阿超大哥，我帮你吹吹，就不痛了，我知道上药好痛！"

"二姊，你给他上什么药？"小三问。

"这个吗？是上次医院给小五治烫伤的药，剩下好多，还没用完！"

小四很怀疑，眼睛一瞪：

"治烫伤的药？二姊，你不如拿红药水给他擦擦就算了！这烫伤药可以治伤口吗？不要越治越糟啊！"

阿超笑嘻嘻地说：

"只要不用毒老鼠的药，什么药都没关系！其实，我这一点点擦伤，根本就不用上药，你们实在太小题大做了！"说着，就要穿衣服。

雨鹃把他的身子，用力拉下来：

"你别动，衣服也脱下来，我帮你缝缝！"

"那怎么敢当！"

"什么敢当不敢当的！说这种见外的话！喂喂，你可不可以不要动，让我把药上完呢？"她忽然发现什么，看着阿超的肩膀，"你肩膀上这个疤是怎么弄的？不是上次被展夜枭打的，这像是个旧伤痕了！"

"那个啊？小时候去山里砍柴，被野狼咬了一口！"阿超毫不在意地说。

"真的还是假的？"雨鹃瞪大眼睛问。

"野狼啊？你跟野狼打架吗？"小三惊喊。

"野狼长什么样子？"小五问。

"它咬你，那你怎么办呢？"小四急问。

"它咬我，我咬它！"

"真的还是假的？"雨鹃又问。

小三、小四、小五的眼睛都张得滴溜圆，不敢相信地看着他。

"是真的！当时我只有八岁，跟小五差不多大，跟着我叔叔过日子，婶婶一天到晚让我做苦差事，冬天，下大雪，要我去山里砍柴，结果就遇到了这匹狼！"他挣开雨鹃上药的手，比手画脚地说了起来，"它对我这样扑过来，我眼睛一花，看都没看清楚，就被它一口咬在肩上，我一痛，当时什么都顾不得了，张开嘴，也给它一口，也没弄清楚是咬在它哪里，反正是咬了一嘴的毛就对了！谁知，那只狼居然给我咬痛了，松了口嗷嗷叫，我慌忙抓起身边的柴火，没头没脑地就给了它一阵乱打，打得它逃之夭夭了！"

小三、小四、小五听得都发呆了。

146

"哇！你好勇敢！"小五叫。

"简直太神勇了！"小四叫。

站在门边的云飞笑了：

"好极了，你们大家爱听故事，就让阿超把他身上每个伤痕的故事都讲一遍，管保让你们听不完！而且，每一个都很精彩！"

"好啊！好啊！阿超大哥，你讲给我们听！我最爱听故事！"小五拍手。

雨鹃凝视阿超，眼光里盛满了怜恤：

"你身上有好多伤痕吗？在哪里？给我看！"她不由分说，就去脱他的上衣。

阿超大窘，急忙扯住衣服，不让她看，着急地喊：

"雨鹃姑娘，别看了，几个伤疤有什么好看的？"

雨鹃抬眼看他，眼光幽柔：

"阿超，我跟你说，以后，你可不可以把对我的称呼省两个字？每次叫四个字，啰不啰嗦呢？我的名字只有两个字，你偏要叫得那么复杂！"

阿超一愣：

"什么四个字、两个字的？"他糊里糊涂地问。

"叫雨鹃就够了！姑娘两个字可以省了！"雨鹃大声说。

阿超愣了愣，抬眼看雨鹃，眼神里有怀疑、有惊喜、有不信、有震动……雨鹃迎视着他，被他这样的眼光搅得耳热心跳了。

门口的雨凤，看看云飞，眼中，闪耀着意外之喜。

接下来，日子几乎是"甜蜜"地流逝。

秋天的时候，萧家五个姊弟，都学会了骑车，人人都是骑车的高手。以前，大家驾着马车出游，现在，常常分骑三辆自行车，大的载小的，跑遍了桐城的山前水畔。

这晚，姊妹俩从待月楼回到家里。两人换了睡衣，上了床。雨鹃嘴里，一直不自禁地哼着歌。

"雨鹃，你最近好开心，是不是？"雨凤忍不住问。

"是呀！"雨鹃兴高采烈地看雨凤，"我告诉你一件事，郑老板说，展家在大庙口的那家当铺，已经转手了！"

"谁说的？是郑老板吗？是赢来的？"

"大概不完全是赢来的，他们商场的事，我搞不清楚！但是，郑老板确实在削弱'南边'的势力！我已经有一点明白郑老板的做法了，他要一点一滴地，把南边给蚕食掉！再过几年，大概就没有'展城南'了！"

"你的高兴，就只为了展夜枭的倒霉吗？"

"是呀！他每次大输，我都想去放鞭炮！"

"有没有其他原因呢？我觉得，可能还有其他原因，你自己都不知道！"

"有什么其他原因？"

雨凤看了她一眼：

"雨鹃，我好喜欢最近的你！"

"哦？最近的我有什么不同吗？"

"好多不同！你快乐，你爱笑，你不生气，你对每个人都好……自从爹去世以后，这段时间，你是最'正常'的！你不知道，这样一个快乐的你，让我们每一个人都好快乐！原来，快乐或者是悲哀，都有传染性！"

"是吗？"

"是！最主要的，是你最近不说'报仇'两个字了！"

雨鹃沉思不语。

"你看！我以前就说过，如果我们可以摆脱仇恨，说不定我们可以活得比较快乐！现在就证实了我这句话！"

雨鹃倒上枕头，睁大眼，看着天花板。雨凤低下头，深深地看她：

"实在忍不住想问你一句话，你心里是不是喜欢了一个人？"

"谁？"雨鹃装糊涂。

"我也不知道，我要你告诉我！"

"哪有什么人？"雨鹃逃避地说，打个哈欠，翻身滚向床里，"好困！我要睡觉了！"她把眼睛闭上了。

雨凤推着她：

"不许睡！不许睡！"她伸手呵她的痒："起来！起来！人家有心事都告诉你！你就藏着不说！起来！我闹得你不能睡！"

雨鹃怕痒，满床乱滚，笑得格格格格的。她被呵急了，反手也来呵雨凤的痒。姊妹两人就开始了一场"呵痒大战"，两人都笑得喘不过气来，把一张床压得吱吱嘎嘎。好半天，两人才停了手，彼此互看，都感到一份失落已久的温馨。雨鹃不禁叹口气，低低地说：

"我不知道我心里有什么人，只觉得有种满足，有种快乐，是好久好久都没有的，我不得不承认了你的看法，爱，确实比恨快乐！"

雨凤微笑，太高兴了。心里，竟然萌生出一种朦胧的幸福感来。

天气渐渐凉了，这天，雨鹃骑着自行车，去买衣料。家里五个人，都需要准备冬衣了。她走进一家绸缎庄，把脚踏车停在门口，挑好了衣料：

"这个料子给我九尺！那块白色的给我五尺！"

"是！"老板介绍，"这块新到的织锦缎，要不要？花色好，颜色多，是今年最流行的料子，你摸摸看！感觉就不一样！"

雨鹃看着，心里好喜欢，低头看看钱袋，就犹豫起来：

"好看是好看，就是太贵了，算了吧！"

一个声音忽然在她身后响起：

"老魏！给她一丈二，是我送的！"

雨鹃一回头，就看到云翔挺立在门口，正对她笑嘻嘻地看着。她一惊，喊：

"谁要你送！我自己买！"

"到展家的店里来买东西，给我碰到了，就没办法收钱了！"云翔笑着说。

"这是你家的店？"

"是啊！"

雨鹃把所有的绸缎，往桌上一扔，掉头就走：

"不买了！"

她去推车子，还没上车，云翔追了过来：

"怎么？每天晚上在待月楼见面，你都有说有笑，这会儿，你又变得不理人了？难道，我们之间的仇恨，到现在都还没消吗？你要记多久呢？"

"记一辈子！消不了的！"

"别忘了，我们还有一吻之情啊！"云翔嬉皮笑脸。

雨鹃脸色一板，心中有气：

"那个啊！不代表什么！"

"什么叫作'不代表什么'？对我而言，代表的事情可多了！"

"代表什么？"

"代表你在我身上，用尽心机！为了想报仇，无所不用其极，连'美人计'都施出来了！"

"你知道自己有几两重就好了！如果误以为我对你有意思，那我才要怄死！"

"可是，自从那天起，说实话，我对你还真的念念难忘！就连你编着歌词骂我，我听起来，都有一股'打情骂俏'的味道！"

"是吗？所有的'贱骨头'，都是这样！"

"奇怪，你们姊妹两个，都会用各种稀奇古怪的方法骂人！"

"反正是‘打情骂俏’，你尽量去享受吧！"雨鹃说完，准备上车。

"你要去哪里？"他一拦。

"你管我去哪里？"

他不怀好意地笑：

"我要管！我已经跟了你老半天了，就是想把那天那个‘荒郊野外’的游戏玩完，我们找个地方继续玩去！你要报仇，欢迎来报！"

雨鹃扶住车子，往旁边一退：

"今天本姑娘不想玩！"

"今天本少爷就想玩！"云翔往她面前一挡。

雨鹃往左，云翔往左，雨鹃往右，云翔往右，雨鹃倒退，云翔跟进。雨鹃始终无法上车。她发现有点麻烦，就站定了，对他展开一个非常动人的笑：

"你家有娇妻，你不在家里守着你那个得来不易的老婆，每天晚上在待月楼混，白天还到外面闲逛，你就不怕你那个老婆‘旧情复燃’吗？"

云翔大惊失色，雨鹃这几句话，可歪打正着，刺中了他心里最大的隐痛。他的脸色倏然变白：

"你说什么？谁在你面前多嘴了？那个伪君子是吗？他说些什么？"他对她一吼："他怎么说的？"

她知道刺到他了，不禁得意起来：

"慕白吗？他才不会去说这些无聊的事呢！不过，整个桐城，谁不知道你展二少爷的故事呢？谁不知道你娶了纪天尧的妹妹，这个妹妹，心里的情哥哥，可不是你哟！"

"是谁这样胡说八道，我宰了他！"他咬牙切齿。

"你要宰谁？宰全桐城的人吗？别说笑话了！反正，美人不是已经到手了吗？"她眼珠一转，再接了几句话，"小心小心啊！那个'情哥哥'可比你有格调多了！只怕流水无情，落花还是有意啊！"

雨鹃这几句话，可把他刺得天旋地转，头昏眼花。尤其，她用了"格调"两个字，竟和天虹批评他的话一模一样，他就更加疑心生暗鬼，怒气腾腾了。他咆哮起来：

"谁说我没格调？"

"你本来就没格调！这样拦着我的路，就是没格调！其实，你大可做得有格调一点，你就是不会！"

"什么意思？"

"征服我！"

"什么？"

雨鹃瞪着他，郑重地说：

"你毁了我的家，害死我的爹，我恨你恨入骨髓，这一点，我相信是你知我知天知地知。如果你有种，征服我！让我的恨化为爱，让我诚心诚意为你付出！那么，你才是一个真正的男子汉！"

云翔死瞪着她，打鼻子里哼了一声，不住摇头：

"那种'征服'，我没什么把握，你太难缠！而且，你这种'激将法'对我没什么大用，既然说我没格调，就没格调！我今天跟你耗上了！"

　　雨鹃发现情况不妙了，推着车子，不动声色地往人多的地方走。云翔一步一趋，紧跟过去。走到了人群之中，她忽然放声大叫：

　　"救命啊！有小偷！有强盗！抢我的钱袋呀！救命啊……"

　　街上熙来攘往的人群都惊动了，就有一大群人奔过来支援，叫着：

　　"哪里？小偷在哪里？"

　　雨鹃对云翔一指：

　　"就是他！就是他！"

　　路人全都围过去，有的喊打，有的喊捉贼，云翔立刻陷入重围，脱身不得。雨鹃趁乱，骑上脚踏车，飞驰而去。

　　云翔陷在人群中，跟路人纠缠不清，急呼：

　　"我不是小偷，我不是贼！你们看看清楚，我像是贼吗？"

　　路人七嘴八舌喊：

　　"那可说不定！搜搜看，有没有偷了什么！别给他逃了……"

　　云翔伸长脖子，眼见雨鹃脱身而去，恨得咬牙切齿，跺脚挥拳。

　　雨鹃摆脱了云翔的纠缠，生怕他追过来，拼命踩着脚踏车，逃回家里。车子冲进小四合院，才发现家里有客人。

　　原来，这天，梦娴和齐妈出门去上香，上完了香，时辰还早，梦娴心里一直有个念头，压抑好久了。这时候，心血来潮，怎么都压抑不住了。就带着齐妈，找到了萧家小院，成了萧家的不速之客。

梦娴和齐妈敲门的时候，雨凤正在教小三弹月琴。听到门声，她抱着月琴去开门。门一开，雍容华贵的梦娴和慈祥温和的齐妈，就出现在她眼前。

"请问，你是不是萧雨凤萧姑娘？"梦娴凝视着雨凤问，看到雨凤明艳照人，心里已经有了数。

雨凤又惊奇又困惑，急忙回答：

"我就是！你们是……"

"我是齐妈……"齐妈连忙介绍，"这是我们家太太！"

"我是云飞的娘！"梦娴温柔地接口。

雨凤手里的月琴，叮咚一声，掉到地上去了。

接着，雨凤好慌乱，小三和小五，知道这是"慕白大哥"的娘，也跟着雨凤忙忙乱乱。雨凤把梦娴和齐妈迎进房里，侍候坐定，就去倒茶倒水。小三端着一盘花生，小五端着一盘瓜子出来。雨凤紧紧张张地把茶奉上，再把瓜子花生挪到两人面前，勉强地笑着说：

"家里没什么东西好待客，吃点瓜子吧！"回头看小三、小五："过来，喊伯母呀！"又对梦娴解释："这是小三和小五，小四上学去了！"

小三带着小五，恭恭敬敬地一鞠躬：

"两位伯母好！"

"好好好！好乖巧的两个孩子，长得这么白白净净，真是漂亮！"梦娴说。

小五看到梦娴慈祥，忍不住亲切地说：

"我很丑，我头上有个疤，是被火烧的！"她拂起刘海给梦娴、齐妈看。

雨凤赶紧说明：

"她从小就是我爹的宝贝，爹常说，她是我们家最漂亮的女儿。寄傲山庄火烧那晚，她陷在火里，受了伤，额上留了疤，她就耿耿于怀。我想，这个疤在她心里烙下的伤痕，更大过表面的伤痕！"

梦娴听雨凤谈吐不凡，气质高雅，不禁深深凝视她。心里，就有些欢喜起来。

齐妈忍不住怜爱地看小五，用手梳梳她的刘海，安慰着：

"不丑！不丑！根本看不出来，你知道，就连如来佛额上，还有个包呢！对了……你那个小兔儿怎么样？"

"每天我都带它睡觉，因为它有的时候会做噩梦！我要陪着才行！"

雨凤对齐妈感激至深地看了一眼：

"谢谢你！那个小兔儿，让你费心了！"

"哪儿的话？喜欢，我再做别的！"齐妈慌忙说。

雨凤知道梦娴一定是有备而来，有话要说，就转头对小三说：

"小三，你带小五去外面玩，让大姊和伯母说说话！"

小三就牵着小五出去了。

雨凤抬头看着梦娴，定了定心，最初的紧张，已经消除了大半：

"前一阵子，听慕白说，伯母的身体不大好，现在，都复元了吗？"

梦娴听到"慕白"二字，微微一愣，更深刻地看她：

"我的身子没什么，人老了，总有些病病痛痛。倒是和你家小五一样，心里总烙着一个疙瘩，时时刻刻都放不下，所以，今天就这样冒冒失失地来了！"她顿了顿，直率地问："我刚刚听到你喊云飞为'慕白'？"

雨凤立即武装起来，接口说：

"他的名字没有关系，是不是？就像小三、小四、小五，我爹都给他们取了名字，我们还是叫他们小三小四小五。"

梦娴盯着她，看了好一会儿，忽然问：

"你真的爱他吗？真的要跟他过一辈子吗？"

雨凤一惊，没料到梦娴这样直接地问出来，整个人都怔了。

"我可能问得太直率了，可是，对一个亲娘来说，这是一个很重要的问题，不问清楚，我夜里连觉都睡不着！最近一病，人就更加脆弱了！好想了解云飞的事，好想帮助他！生怕许多事，现在不做，将来就晚了。你可以很坦白地回答我，这儿，就我们三个，没有什么不能说的！"梦娴真诚地说着。

雨凤抬头直视着梦娴，深吸口气：

"伯母，我真的爱他，我很想跟他过一辈子！如果人不止一生，我甚至愿意跟他共度来生！"

梦娴震撼极了，看着雨凤。只见她冰肌玉肤，明眸皓齿。眼睛，是两潭深不可测的深泓，唇边，是无尽无尽的温柔。梦娴心里，就涌上了无法遏止的欣喜：

"雨凤啊，这话你说出口了，我的心也定了！可是，当你爱一个人的时候，你一定要爱他所有的一切！你不能只爱他某一部分，而去恨他另一部分，那样，你会好痛苦，他也会好痛苦！"

"我知道！所以，有的时候，我宁愿我们两个都很勇敢，可以拔慧剑，斩情丝！"雨凤苦恼地说。

"你的意思是……"梦娴不解。

"我不会进展家的大门！他对我而言，姓苏，不姓展！"雨凤冲口而出。

"那么，如果你们结婚了，我是你的苏伯母吗？你们将来生了孩子，姓苏吗？孩子不叫我奶奶，不叫祖望爷爷吗？你们家里供的祖宗牌位，是苏某某人吗？清明节的时候，你们去给不存在的苏家祖坟扫墓吗？"

一连串的问题，把雨凤问倒了。她睁大眼睛，愕然着。

"你看，现实就是现实，跟想象完全不一样。云飞有根有家，不是一个从空中变出来的人物，他摆脱不掉'展'家的印记，永远永远摆脱不掉！他有爹有娘，还有一个让所有人头痛的弟弟！不管是好的，还是坏的，都是他生命的一部分，你无法把他切成好几片，选择你要的，排除你不要的！"

雨凤猛地站起来，脸色苍白：

"伯母，我懂了！你的意思是……要我离开慕白？"

梦娴也站起身来，诚挚地说：

"听我说！我不是来拆散你们的！你误会了！我本来只是想看看你，看看这个捅了云飞一刀，却仍然让云飞爱得神魂颠倒的姑娘，到底是怎样一个人！今天见到了你，你完全出乎我的意料，这么冰雪聪明，纤尘不染！我不知不觉地就喜欢你了！也终于明白云飞为什么这样爱你了！"

雨凤震撼了，深深地看着她。梦娴吸口气，继续说：

"所以，我才说这些话，雨凤啊！我的意思正相反，我要你放弃对'展家'的怨恨，嫁给'云飞'！我的岁月已经不多，没有时间浪费了！你是云飞的'最爱'，也是我的'最爱'了！即使你有任何我不能接受的事，我也会一起包容！你，难道不是这样吗？"

这样一篇话，使雨凤整个撼动了。她目不转睛地看着梦娴，感动而痛楚着。半晌，才挣扎地说：

"伯母，你让我好感动！我一直以为，像你们那样的家庭，是根本不可能接受我的！我一直想，你会歧视我，反对我！今天听到你对我的肯定，对我的包容，我觉得，这太珍贵了！"说着，眼泪就掉下来了。

梦娴一见到她落泪，更是感动得一塌糊涂，冲过去，就把她的手，紧紧地握在胸前：

"孩子啊，我知道你爱得好辛苦，我也知道云飞爱得好痛苦，我真的不忍心看着你们这样挣扎而矛盾地爱着，把应该朝夕相守的时间全部浪费掉！雨凤，我今天坦白地告诉你，我已经不再排斥你了！你呢？还排斥我吗？"

"伯母，我从来没有排斥过你！我好感激你生了慕白，让我的人生，有了这么丰富的收获，如果没有他，我这一生，都白活了！"

梦娴听到她如此坦白的话，心里一片热烘烘，眼里一阵湿漉漉：

"可是，我是展家的夫人啊！没有祖望，也同样没有你的'慕白'！"

雨凤又愣住了。梦娴深深地看她，发自肺腑地说：

"不要再恨了！不要再抗拒展家了！好不好？只要你肯接受'展家'，我有把握让祖望也接受你！"

雨凤更痛苦，更感动，低喊着说：

"谢谢你肯定我，谢谢你接受我！你这么宽宏大量，难怪慕白有一颗热情的心！今天见了你，我才知道慕白真正的'富有'是什么！我好希望能够成为你的媳妇，和你共同生活，共同去爱慕白！但是，伯母，你不了解……"她的泪珠滚滚而下，声音哽咽："我做不到！我爹死的那个晚上，一直鲜明如昨日！"

梦娴叹口气，温柔地说：

"好了好了，我现在不勉强你！能爱自己的爹，才能爱别人的爹！我不给你压力，只想让你明白，你，已经是我心里的媳妇了！"

雨凤感动极了，喊了一声伯母，就扑进她怀中。

梦娴紧拥着她，两人都泪汪汪。齐妈也感动得一塌糊涂，拭了拭湿润的眼角。

就在这充满感性的时刻，雨鹃气急败坏地回来了。她一冲进大门，就急声大喊：

"小三！赶快把门闩上！快！快！外面有个瘟神追来了！"

雨凤、梦娴和齐妈都惊动了，慌忙跑到门口去看。只见雨鹃脸孔红红的，满头大汗，把车子扔在一边，立即去闩着大门。雨凤惊奇地问：

"你干什么？"

雨鹃紧张地喊：

"快快！找个东西来把门顶上！"

这时，大门已经被拍得震天价响，门外，云翔的声音气呼呼地喊着：

"雨鹃！你别以为你这样一跑，就脱身了！赶快开门，不开，我就撞进来了！大门撞坏了，我可不管！"

雨凤大惊，问雨鹃：

"你怎么又惹上他了？"

"谁惹他了？我买料子，他跟在我后面，拦住我的车子不许我走，怎样都甩不掉！"

梦娴和齐妈面面相觑，震惊极了。梦娴走过来，问：

"是谁？难道是云翔吗？"

雨鹃惊奇地看梦娴和齐妈，雨凤赶紧介绍：

"这是慕白的娘，还有齐妈！这是我妹妹雨鹃！"

雨鹃还没从惊奇中醒觉，门外的云翔，已经在嚣张地拍门，撞门，踢门，捶门……快把大门给拆下来了，嘴里大喊大叫个不停：

"雨鹃！你就是逃到天上去，我也可以把你抓下来，别说这个小院子了！你如果不乖乖给我出来，我就不客气了……"

雨鹃看着梦娴和齐妈，突然明白了！这是慕白的娘，也就是展家的"夫人"了。她心里一喜，急忙说：

"好极了，你既然是展家的夫人，就拜托帮我一个忙，快把外面那个疯子打发掉！拜托！拜托！"

梦娴还没闹清楚是怎么回事，雨鹃就一下子打开了大门。

云翔差点跌进门来，大骂：

"你这个小荡妇，小妖精，狐狸精……"一抬头，发现自己面对着梦娴和齐妈，不禁吓了一大跳："怎么？是你们？"

梦娴惊愕极了，皱了皱眉头：

"你为什么这样撞人家的大门？太奇怪了！"

云翔也惊愕极了：

"嘿嘿！你们在这儿，才是太奇怪了！"想想，明白了，对院子里扫了一眼，有点忌讳："是不是老大也在？阿超也在？原来你们大家在'家庭聚会'啊！真是太巧了，我们跟这萧家姊妹还真有缘，大家都会撞在一堆！算了，你们既然要'会亲'，我先走了！"

云翔说完，一溜烟地去了。

雨鹃急忙将门关上。小三已经冲上前来，抓着雨鹃，激动地问：

"这个'大坏人'怎么又出现了？他居然敢来敲我们的大门，不是太可怕了吗？"

小五吓得脸色苍白，奔过来投进雨凤怀里，发着抖说：

"大姊，我记得他！他把我们的房子烧了，他打爹，打你们，他就是那天晚上那个人，那个骑着大马的魔鬼啊！"她害怕地惊喊："他会不会再烧我们的房子？会不会？会不会……"

雨凤紧紧抱着她：

"不怕不怕！小五不怕！没有人再会烧我们的房子，不会的，不会的……"

梦娴震惊地看着，这才体会到那晚的悲剧，怎样深刻地烙印在这几个姊妹的身上。亲眼目睹云翔的拍门、踹门，这才体会到云翔的嚣张和肆无忌惮。她看着，体会着，想着云飞说的种种……不禁代这姊妹几个，心惊胆战。也代展家，忧心忡忡了。

18

就在梦娴去萧家的时候，云飞被祖望叫进了书房。把一本账册往他面前一放，祖望脸色阴沉地说：

"你给我好好解释一下，这是怎么一回事？虎头街的钱去了哪里？"

云飞沉不住气了：

"爹！你的意思是说，我把虎头街的钱用掉了，是不是？虎头街那个地区的账，你到底有多久没管了？这些年，都是纪总管、天尧和云翔在管，是不是？"

"你不用管他以前怎样，只说你经手之后怎样！为什么亏空那么多？你给我说个道理出来！"祖望生气地说。

"当你有时间的时候，应该去这些负债的家庭看看！他们一家家都有几百种无法解决的问题，生活的情况更是惨不忍睹！他们最大的错误，就是误以为'盛兴钱庄'可以帮助他们，而抵押了所有值钱的东西，结果利滚利，债务越来越大，只好再借再押，弄得倾家荡产，一无所有！现在，我们钱庄有很多借据，有很多抵押，就是收不到钱！"

"收不到钱？可是，账本上清清楚楚，好多钱你都收到了！"

"那不是'收到'了，那是我把它'注销'了！"

"什么意思？"

"好像冯谖为孟尝君所做的事一样，就是'长铗归来乎'那个故事。冯谖为孟尝君'市义'，爹，我也为你'市义'！"

祖望跳起身子，不可思议地瞪着他：

"你干什么？你把那些借据和抵押怎样了？"

"借据毁了，反正那些钱，你几辈子也收不回来！"

"你把它做人情了？你把它毁了？这样经营钱庄？怪不得亏损累累！你还有脸跟我提什么'孟尝君'！"他把桌子一拍，气坏了，"你活在今天这个社会，做些古人的事情，你要气死我，还是把我当傻瓜？你不是什么'冯谖'，你根本就精神不正常，要不，就是标准的'败家子'！幸亏我没有把全部钱庄交给你，要不然，你全体把它变成了'义'，我们都喝西北风去！"

"你不要激动，我并不是全体这么做的，我觉得，我们应该把钱庄的账目彻底整顿一下，收不回来的呆账，做一个了结，收得回来的，打个对折……"

祖望挥着袖子，大怒：

"我不要听了！我对你已经失望透顶了！纪总管说得对，你根本不是经营钱庄的料！我看，这些钱除了送掉以外，还有一大笔是进了待月楼，一大笔是进了萧家两个姑娘的口袋，对不对？"

云飞惊跳起来，一股热血，直往脑门里冲去。他拼命压抑着自己，瞪着父亲：

"纪叔跟你说的，你都听进去了！我跟你说的，你都听不进去！我们之间，真的好悲哀！我承认，我确实不是经营钱庄的料，虎头街的业务，我确实做得乱七八糟！至于你说，我把钱用到待月楼或是萧家两个姑娘身上，就太冤了！我是用了，在我的薪水范围之内用的，而我的薪水，只有天尧的一半！我觉得，我对得起你！"

"你对得起我，就应该和萧家断掉！一天到晚往人家那儿跑，说什么对得起我？你根本没把我放在眼睛里！"

云飞听到这句话，心灰意冷，废然长叹：

"算了，我们不要谈了，永远不可能沟通！"

"不谈就不谈，越谈我越气！"祖望喊。

云飞冲出了父亲的书房，心里满溢着悲哀，四年前，那种"非走不可"的情绪，又把他紧紧地攫住了。他埋着头往前疾走，忍不住摇头叹气。走到长廊里，迎面碰到了天虹，她抱着一个针线篮，正要去找齐妈。两人相遇，就站住了，看着对方。

"你，好不好？"天虹微笑地问。

"这正是我想问你的问题！"云飞勉强地笑笑。

天虹看看院中的亭子：

"去亭子里坐一下，好吗？"

云飞点头，两人就走到亭子里坐下。天虹看到他的脸色不佳，又是从祖望的房间出来，就了解地问：

"跟爹谈得不愉快吗？"

他长叹一声：

"唉！经过了四年，这个家给我的压力，比以前更大了！"

她同情地点点头。他振作了一下：

"算了，别谈那个了！"他凝视她："有好多话，一直没机会跟你说。上次救阿超，真是谢谢了！你有了好消息，我也没有跟你贺喜！要当娘了，要好好保重身体！"

"我会的！"她轻声说，眼光柔和地看着他，脸上一直带着微笑。

"你……快乐吗？"他忍不住问。觉得她有些奇怪，她脸上那个微笑，几乎是"安详"的，这太少见了。

她想了想，坦率地说：

"云飞，好多话，我一直压在心里，我真怀念以前，我可以和你聊天，把所有的心事都告诉你，你从来都不会笑我。坦白说，我的婚姻，几乎已经走到绝路了……"

云飞一震，下意识地看看四周：

"你不怕隔墙有耳吗？"

"这种怕来怕去的日子，我过得已经不耐烦了！今天难得和你遇到，我就说了，除了你，我也不能跟任何人说！说完了，我想我会轻松很多。我刚刚说到我的婚姻，本来，我好想离开展家，好想找一个方法，逃开这个牢笼！可是，现在，这个孩子救了我！你问我快乐吗，我就想告诉你，我好快乐！因为，我身体里有一个小生命在慢慢长大，我孕育着他，一天比一天爱他！这种感觉好奇妙！"

"我了解，以前映华就是这样。"

"对不起，又勾起你的伤心事了！"她歉然地说。

"还好，总算可以去谈，可以去想，夜里不会被痛苦折磨得不能睡了。"

"是雨凤解救了你！"

"对！是她和时间联手解救了我。"他凝视她，"那么，这个孩子解救了你！"

她脸上浮起一个美丽而祥和的笑：

"是的！我本来对云翔，已经从失望到痛恨，觉得再也撑不下去了。但是，现在，想着他是我孩子的爹，想着我们会共有一份不能取代的爱，我就觉得不再恨他了！只想跟他好好地过日子，好好地相处，甚至，有点贪心地想着，我会和他变成恩爱夫妻，我要包容他，原谅他，感化他！让他成为我儿子的骄傲！"

他听得好感动，目不转睛地看着她：

"天虹，听你这样说，我觉得好高兴，好安慰。我不必再为你担心了！你像是拨开云雾的星星，破茧而出的蝴蝶，好漂亮！真的好漂亮！"

她喜悦地笑了，眼里闪着光彩：

"现在，你可以恭喜我了！"

他笑着，诚心诚意地说：

"恭喜恭喜！"

他们两个，谈得那么专注，谁都没有注意到，云翔已经回来了。云翔是从萧家小屋铩羽归来，怎么都没想到，会在小院里碰到梦娴和齐妈，真是出师不利！他带着一肚子的气回家，走进长廊，就一眼看到坐在亭子里有说有笑的云飞和天虹，他脑子里轰然一响，雨鹃那些"情哥哥，旧情复炽，落花有意……"种种，全部在他耳边像焦雷一样爆响。他无声无息地掩了过去，正好听到云飞一大串的赞美词句，他顿时气得发晕，怒发如狂：

"哈！给我听到了！什么星星，什么蝴蝶，什么漂亮不漂亮？"他对云飞跳脚大叫："你怎么不在你老婆那里，跑到我老婆这儿来做什么？那些星星蝴蝶的句子，你去骗雨凤就好了，跑来对我老婆说，你是什么意思？"

云飞和天虹大惊失色，双双跳起。云飞急急地解释：

"不是你想象的那样！我们在谈孩子……"

云翔更是气不打一处来：

"我的孩子，要你来谈什么？你有什么资格谈？"

"不是的！云翔，你根本没弄清楚……"天虹喊。

"怎样才算'清楚'？我已经听得清清楚楚了！"他扑过去抓住云飞的衣襟，"你混蛋！你下流！你无耻！你卑鄙！对着我老婆灌迷汤……你跟她做了什么？你说！你说！怪不得全桐城都把我当笑话！"

云飞用双手挣开云翔的手，又气又恨，咬牙切齿地说：

"你说这些莫名其妙的话，你真配不上天虹，你真辜负了天虹！"

云翔更加暴跳如雷，大声地怪叫：

"我配不上天虹，你配得上，是不是？你要天虹，你老早就可以娶了去，你偏偏不要，这会儿，她成了我的老婆，你又来招惹她！你简直是个大色狼！我恨不得把你给宰了！"

天虹怕把众人吵来，拼命去拉云翔：

"你误会了！你真的完完全全误会了，不要这样吵，我们回房间去说！"

云翔一把推开她，推得那么用力，她站不稳，差点摔倒。

云飞大惊，顾不得忌讳，伸手就去扶住她。云翔一看，更加怒不可遏：

"你还敢动手扶她，她是我老婆耶，要你来怜香惜玉！"

这样一闹，丫头家丁都跑出来看，阿超奔来，品慧也出来了：

"哎哟！又怎么了？云翔，你又和老大吵架了吗？别在那儿拉拉扯扯了，你不怕碰到天虹吗？人家肚子里有孩子呀！"品慧惊喊。

天虹慌忙遮掩：

"没事！没事！"她拉住云翔："走！我们进屋去谈！这样多难看呢？给人家听到，算什么呢？"

云翔也不愿意吵得人尽皆知，毕竟有关颜面，气冲冲地对云飞挥拳踢腿地做势，嘴里喃喃怒骂着，被天虹拉走了。

品慧疑惑地瞪了云飞一眼，忙对丫头家丁们挥手：

"没事！没事！都干活去！看什么看！"

丫头家丁散去了。

　　云飞气得脸色发青，又担心天虹的安危，低着头往前急走。阿超跟在他身边，着急地问：

　　"你有没有吃亏？有没有被他打到？"

　　"怎么没被他打到？每次跟他'过招'，我都被他的'气人'招，打得天旋地转，头昏眼花！现在，我没关系，最担心的还是天虹，不知道解释得清，还是解释不清！"云飞恨恨地说。

　　天虹是解释不清了。如果云翔那天没有在街上碰到雨鹃，没有听到雨鹃那句"谁不知道你娶了纪天尧的妹妹，这个妹妹，心里的情哥哥，可不是你"，以及什么"那个情哥哥可比你有格调多了……"诸如此类的话，还不至于发那么大的脾气。现在，是所有的疑心病、猜忌病、自卑病、妒嫉病……诸症齐发，来势汹汹。他把天虹推进房，就重重地掼上房门，对她挥舞着拳头大喊：

　　"你这个荡妇！你简直不要脸！"

　　"云翔！你讲理一点好不好？不要让嫉妒把你冲昏头好不好？你用大脑想一想，光天化日之下，我们坐在一个人来人往的亭子里，会说什么不能让人听的话？你听到两句，就在那儿断章取义，实在太过分了！"

　　"我过分，还是你过分？你们太高段了！故意选一个人来人往的地方谈恋爱，好掩人耳目！我亲耳听到的话，你还想赖！什么星星蝴蝶，肉麻兮兮，让我的寒毛都全体竖立！哪有一个大伯哥会对弟媳妇说，她漂亮得像星星，像蝴蝶？你不要耍我了，难道我是白痴？我是傻子？"

"他不是那个意思！"

"他是哪个意思？你说！你说！"

"他指的是一种蜕变，用来比喻的！因为我们在说，我好期待这个孩子，他带给我无限的希望和快乐，所以，云飞比喻我是破茧而出的蝴蝶……"

天虹话没说完，他就暴跳着大喊：

"什么叫'破茧而出'？你有什么'茧'？难道我是你的'茧'？我困住了你还是锁住了你？为什么有了这个孩子，你就变成'星星''蝴蝶'了？我听不懂！"他突然扑过去，揪起她胸前的衣服，压低声音问："你，给我戴绿帽子了吗？这个孩子，是我的吗？"

天虹大惊，睁大眼睛，不敢相信地瞪着他：

"你说这话，不怕天打雷劈吗？你不在乎侮辱我，侮辱云飞，侮辱你自己，也不在乎侮辱到你的孩子吗？"她气得发抖："你好卑鄙！"

"我卑鄙，他呢？好伟大，好神圣，是不是？你这个无耻的女人！"

云飞用力一甩，天虹的身子就飞了出去。她急忙用手护着肚子，摔跌在地上。他张着双手，像一只大鸟一样，对她飞扑过去：

"你就是我的耻辱！你公然在花园里和他卿卿我我，谈情说爱！你已经成为我的笑柄，大家都知道我娶了云飞的破鞋，你还不知道收敛……还不知道自爱……你是我这一生最大的失败……"

天虹眼看他恶狠狠扑来，吓得魂飞魄散。她奋力爬起身子，带着满脸的泪，奔过去打开房门，逃了出去，边哭边跑边喊：

"爹！爹！救我！救我……"

她哭着奔过花园，穿过月洞门，往纪家飞奔。云翔像凶神恶煞一般，紧追在后面，大声地嚷：

"你要跑到哪里去？去娘家告状吗？你以为逃到你爹那儿，我就拿你没办法了？你给我滚回来！回来……"

两人这样一跑一追，又把全家惊动了。

"云翔！你疯了吗？"品慧惊叫，"你这样追她干什么？万一动了胎气，怎么得了？"

祖望一跺脚，抬头看到阿超，大喊：

"阿超！你给我把他拦住！"

阿超一个箭步上前，拦住了云翔。云翔一看是阿超，气得更是暴跳如雷：

"你敢拦我，你是他妈的哪根葱……"

祖望大步向前，拦在他面前：

"我这根葱，够不够资格拦你？"

"爹，我管老婆，你也要插手？"

"她现在不单单是你老婆，她肚子里有我的孙子，你敢随随便便欺负她，万一伤到胎儿，我会打断你的腿！"

纪总管和天尧气急败坏地奔来：

"怎么了？怎么了？天虹……发生什么事了……"

天虹一看到父亲和哥哥，就哭着扑上前去：

"爹……你救我……救我……"

纪总管和天尧，看到她哭成这样，心里实在有气，两人怒扫了云翔一眼，急忙一边一个扶住她：

"好了，爹来了！别跑，别跑！跟爹回家去！有话回去说！"

云翔还在那儿跺脚挥拳：

"肚子里有孩子，有什么了不起？大家就这样护着她？她一个人能生吗？"

品慧跑过去，拉着他就走：

"不要说了，不要说了，到我屋里去！"

转眼间，云翔和天虹，都被拉走了。祖望摇摇头，唉声叹气回书房。

云飞满脸凝重，心烦意乱地对阿超说：

"误会是解释不清了，怎么办？"

"你只能保持距离，一点办法都没有！"

"怎么会有这样的人呢？这个样子，谈什么包容原谅和感化？对自己的老婆可以这样，对没出世的孩子也可以这样！我实在弄不明白，云翔心里，到底有没有一点点柔软的地方？他的生命里，到底有没有什么人，是他真正'爱'的，真正'尊重'的？如果都没有，这样的人生，不是也很悲哀吗？"

"你不要为他操心了，他是没救了！"阿超说。

云飞重重地甩了甩头，想甩掉云翔的影子。

"我们去萧家吧！"他说，"只有在那儿，我才能看到人性的光辉！"

阿超急忙点头称是。近来，萧家的诱惑力，绝对不是只对云飞有，对他也有。提到萧家，他整个人，就精神抖擞起来。

但是，萧家这时并不平静，因为，金银花来了。她带来了一个让人震惊的讯息。她的脸上，堆满了笑，眼神里带着一抹神秘，盯着雨鹃看来看去。看得姊妹两个都有些紧张起来，她才抿着嘴角，笑着说：

"雨鹃，我奉命而来，要帮你做个媒！我想对方是谁，你心里也有数了！"

"做媒？"雨鹃睁大眼睛，心里七上八下，"我不知道是谁。"

"当然是郑老板啦！他喜欢你已经很久了！你那么聪明，怎么会不知道呢？"

"他不是有太太，又有姨太太了吗？"雨凤忍不住插嘴。

"是！一个大太太，两个姨太太！"金银花看着雨鹃，"你进了门，是三姨太。虽然不是正室，以后，可就荣华富贵，都享受不完了！郑老板说，如果你不愿意进去当老三，在外面住也成，反正，他就是要了你了！只要你跟了他，就不必再唱曲了，弟弟妹妹都是他的事，他保证让你们五个兄弟姊妹，全都过得舒舒服服！"

雨鹃心里，顿时一团混乱，她怔怔地看着金银花。

"金大姊，我以为……你……你……"雨凤代雨鹃着急，吞吞吐吐地说着。

"你以为我怎样？"金银花看雨凤。

"我以为你……大家都说，待月楼是郑老板支持的，都说……"

"都说我也是他的人？"金银花直率地挑明了问。

雨凤不语，默认了。金银花就凝视着姊妹两个，长长一叹，有些伤感，有些无奈地说：

"所以，你们好奇怪，我居然会帮郑老板来做媒，来牵线，是吧？雨凤雨鹃，我跟你们明说吧！不错，我也是他的人，一个半明半暗的人，一个靠他支持养活的人，没有他，待月楼早就垮了。所以，我很感激他，很想报答他。这么久，他一直把对雨鹃的喜欢藏在心里，今天，还是透过了我，来跟雨鹃提，已经非常够意思了！"

"我不了解……我还是不了解，你为什么要帮他呢？"雨鹃问。

"为什么要帮他？"金银花有一份沧桑中的豁达，"今天没有你，还是会有别的姑娘出现！你们看看我，眼角的皱纹都看得出来了，老了！与其他去找一个我不认得的姑娘，还不如找一个我投缘的姑娘！雨鹃，我早就说过，你好像二十年前的我！我相信，你跟了郑老板，还是会记得我们之间的一段缘分，不会和我作对的！换了别人，我就不敢说了！"

"可是……可是……"雨鹃心乱如麻了。这个媒，如果早一段日子提出来，可能她会另有想法，跟了郑老板，最起码报仇有望。但是，现在，她心里正朦胧地酝酿着另一份感情，对金银花的提议，就充满矛盾和抗拒了。

雨凤看看雨鹃，心急地代她说出来：

"可是，我们家好歹是读书人，我爹虽然穷，我们姊妹都是捧在手心里养大的，现在给人做小，恐怕太委屈了！我爹在天之灵，会不答应的！"

雨鹃连忙点头，表示"就是这样"。

金银花想了一下，从容地说：

"这个事情，你们就放在心里，好好地想一想，好好地考虑几天，你们姊妹两个，也研究研究。过个十天半月，再答复他也不迟。只是，每天晚上要见面，现在挑明了，雨鹃，你心里就有个谱吧！对别的客人，保持一点距离才好。好了，我先走了！"

她走到门口，又站住了，回头说：

"你们登了台，在酒楼里唱了小曲，端着酒杯侍候了客人……等于一只脚踩进了风尘，不论你们自己心里怎么想，别人眼里，我们这个身份，就不是藏在家里的'闺女'了！想要嫁进好人家去当'正室'，也是难了！并不是每个人都像雨凤一样，会碰上展云飞那种有情人，又刚好没太太！即使碰上了，要进门也不是那么容易的事！你们……好好地想清楚吧！"

小三和小五在院子中擦灯罩。金银花看着两个孩子，又说：

"跟了郑老板，她们两个也有老妈子侍候着了。"

　　姊妹两个，送到门口，两人心里，都一肚子心事，不知道该说什么才好。金银花的话，软的硬的，可以说面面俱到。那种压迫的力量，两人都深深感受到了。

　　到了门口，院门一开，正好云飞和阿超骑着两辆脚踏车过来。金银花打了个招呼，一笑：

　　"说曹操，曹操就到！"她回头，对姊妹俩叮嘱："你们好好地想一想，一定要考虑清楚，我走了！"

　　金银花一走，小三就急急地奔过去，抓住雨鹃的手，喊着：

　　"我都听到了！二姊，你真的要嫁给郑老板做三姨太吗？"

　　小五也着急地嚷嚷着：

　　"三姨太是什么？二姊，你要离开我们吗？"

　　云飞大惊，还来不及说什么，正在停车的阿超，整个人一震，不知怎的，一阵乒乒乓乓，把三辆车子，全体碰翻了。

　　雨鹃不由自主地跑过去看阿超：

　　"你怎么了？"

　　阿超扶起车子，头也不抬，闷着声音说：

　　"没怎么！我不进来了……我想……我得……我出去遛遛！"他乱七八糟地说着，就跳上车子，逃也似的向门外骑去了。

　　雨鹃怔了怔，慌忙跳上另一辆车子，对愕然的雨凤和云飞抛下一句："我也出去遛遛！"就飞快地追出去。

　　阿超没办法分析自己，一听到雨鹃要嫁给郑老板，他就心绪大乱了。他埋着头，心里像烧着一盆火，滚锅油煎一样。

他拼命地踩着脚踏车，想赶快逃走，逃到世界的尽头去。

雨鹃紧追而来，一面追一面喊：

"阿超！你骑那么快干什么？你等我一下！阿超……阿超……"

阿超听到雨鹃的喊声，不知怎的，心里那盆火，就烧得更猛了。烧得他心也痛，头也痛。他不敢回头，不敢理她，只是加快了速度，使劲地踩着踏板。他穿过大街小巷，一直向郊外骑去。雨鹃追过大街小巷，拼命用力骑，追得满头大汗：

"阿超……阿超……"

他不能停下，停了，会原形毕露。他逃得更快了，忽然间，听到身后，雨鹃一声惨叫：

"哎哟！不好了……救命啊……"

他急忙回头，只见雨鹃已经四仰八叉地躺在山坡上，车子摔在一边，轮子兀自转着。他吓了一大跳，赶紧骑回来，跳下车子查看，急喊：

"雨鹃姑娘！雨鹃姑娘！怎么会摔呢？摔到哪儿了？"

雨鹃躺在地上，动也不动，竟是晕过去了。

阿超这一下，急得心惊胆战。他扑跪在她身旁，一把扶起她的头，察看有没有撞伤。她软软地倒在他臂弯中，眼睛闭着，了无生气。他吓得魂飞魄散了：

"雨鹃姑娘！你醒醒！醒醒！雨鹃姑娘……"他四面张望，方寸大乱："你先在这儿躺一躺，我去找水……不知道哪儿有水……不行不行，你一个人躺在这儿，坏人来了怎么办？我……我……"他嘴里喃喃自语，小小心心地抱着她的头，不知道该怎么办才好。

雨鹃再也忍不住，一唬地从地上跳了起来，大声地喊：

"阿超！我正式通知你，你再要喊我'雨鹃姑娘'，我就跟你绝交！"

他惊喜交集地瞪着她，不敢相信地瞪大眼：

"你没有厥过去？没有摔伤？"

"谁厥过去了？谁摔伤了？你少触我霉头！"她气呼呼地嚷。

他愣愣地看着她：

"没厥过去，你怎么躺在那儿不动呢？好端端的，你怎么会摔跤呢？怎么会到地上去呢？"

雨鹃扬着睫毛，瞅着他：

"如果不摔，你是不是要和我比赛骑脚踏车？我在后面那样直着脖子喊你，你就是不理我！"她瞪着他："我告诉你！我不喜欢这样！以后不可以这样！"

"你不喜欢哪样？不可以哪样？"

"不喜欢你掉头就跑，不喜欢你不理我，不喜欢你让我拼命追，不喜欢你一直喊我'雨鹃姑娘'！"

他睁大眼睛，一瞬也不瞬地看着她。

她也睁大眼睛，一瞬也不瞬地看着他。

两人就这样对看了好一会儿。

雨鹃看到他一直傻不楞登的，心中一酸，用力一甩头：

"算了！算我对牛弹琴！不说了，你去你的，我去我的！"

她弯身去扶车子，他飞快地一拦，哑声地说：

"我是个粗人，没念过多少书，我是十岁就被卖给展家的，是大少爷的跟班，我没有大房子、大煤矿、大商店、大酒楼……我什么都没有！"

雨鹃对他一凶：

"奇怪，你告诉我这些做什么？"

阿超怔了怔，顿时窘得满脸通红，狼狈地说：

"你骑你的车，我骑我的车，你去你的！我去我的！你骑好了，别再摔跤！"就去扶自己的车。

这次，是雨鹃迅速地一拦：

"你除了告诉我，你这个也没有，那个也没有之外，就没有其他的话要对我说吗？"

"其他的话不敢说！"他摇摇头。

"说说看！"

"不敢！"

"你说！"她命令地喊。

"不敢说！不敢说！"他拼命摇头。

雨鹃一气，一脚踩在他脚背上，大声喊：

"一直以为你是个铁铮铮的汉子，怎么这么婆婆妈妈，气死我了！你说不说？"

"那我就说了，我喜欢温温柔柔的姑娘，不喜欢凶巴巴的！"他瞪大眼说。

"啊？"雨鹃大惊，原来他还看不上她呢！这次，轮到她窘得满脸通红了。"哦！"她哦了一声，就飞快地跳上车。

阿超扑过去，从她身后，一把抱住了她，在她耳边说：

"我什么都没有！可我会教你骑车，会为你卖力，会做苦工，会为你拼命，会照顾小三小四小五……我请求你，不要嫁给郑老板！要不然，我会骑着车子一直跑，跑到你永远看不到的地方去！"

雨鹃心里一阵激荡，眼里就湿了。她回过身子，两眼亮晶晶地看着他，喉咙里哽哽的，声音哑哑的：

"我懂了，可是，你这样说，还不够！"

"还不够？"他又愣住了。

她盯着他：

"你到底有没有一点喜欢我？有没有一点'爱我'？"

他涨得脸红脖子粗：

"你怎么不去问大少爷，有没有一点喜欢雨凤姑娘？有没有一点爱雨凤姑娘？"

"我服了你了，我想，打死你，你也说不出那三个字！"

"哪三个字？"

雨鹃大叫：

"你累死我了！气死我了！"

阿超一急，也大叫：

"可我爱死你了！"

话一出口，两人都大大地震住。阿超是涨红着脸，一头的汗。雨鹃是张大眼睛，一脸的惊喜。然后，她就掰着手指头数了数，大笑说：

"六个字！我跟你要三个字，你给了我六个字！哇！"她把他一抱："你给了我一倍！你给了我一倍！我还能不满意吗？"她忽然想到什么，在他耳边哽咽地问："阿超，你姓什么？我到现在，还不知道你姓什么？"

"我姓吕，双口吕，单名一个超字。"

雨鹃喃喃地念着：

"吕超，吕超，吕超。我喜欢这个名字。"她抬头凝视他，柔情万缕地说："怎么不告诉我？"

"不告诉你什么？"他讷讷地问。

"不告诉我你'爱死'我了？如果没有郑老板提亲，你是不是预备一辈子不说呢？如果我不拼了命来'追你'，你是不是就看着我嫁郑老板呢？"

他凝视她：

"那……你现在还要不要嫁郑老板呢？"

"我考虑一下！"

"你还要'考虑'什么？我跟你说，雨鹃姑娘……"

"是！吕超少爷！"

他一愣，这才明白，喊：

"雨鹃！"

雨鹃摇摇头，叹了口气：

"好不容易才把一个称呼搞定。好了，你要跟我说什么？"

"被你一搅和，忘了！"

她瞪大眼：

"真拿你没办法，怎么这样一下子就忘了？"

"因为，我鼓了半天的勇气才要说，话到嘴边，给你一堵，就堵回去了！"

"你说！你说！"她急着要听这"鼓了半天的勇气"的话。

阿超这才正色地，诚挚地说：

"我终于知道什么叫'心痛'了！听到你要嫁郑老板，我像是被一剑刺个正着，痛得头昏眼花，只好逃出你们那个院子！这是我这一生，第一次有这么强烈的感觉，如果你真的在乎我，请你不要再用郑老板来折腾我了！"雨鹃听了，大为感动，闭上眼睛，偎紧在他怀中，含泪而笑了。阿超虔诚地拥住了她，好像拥住了全世界，什么话都说不出来了。

阿超和雨鹃相继一跑，竟然"失踪"了一个下午。雨凤和云飞，已经把这一整天的事，都谈完了，包括梦娴的来访，云翔的大闹，金银花的提亲种种。事实上，梦娴已经和云飞谈过了，对于雨凤，她说了十六个字的评语："空谷幽兰，高雅脱俗，一往情深，我见犹怜。"这十六个字，把雨凤听得眼眶都湿了。两人震动在梦娴这次来访的事情里，对其他的事，都没有深谈。等到雨鹃和阿超回来，已经是万家灯火的时候了。雨鹃糊里糊涂，把待月楼唱曲的时间也耽误了。两人走进房，雨凤和云飞盯着他们看，看得两人脸红心跳，一脸的尴尬。

"你们大家在商量什么？"雨鹃掩饰地问，"我听到有人提到八宝饭，哪儿有八宝饭？我饿了！"

雨凤目不转睛地盯着她看：

"我叫小三去向金银花请假，我们今天不唱曲了，出去吃一顿，大家乐一乐，庆祝庆祝！"

"庆祝什么？"阿超问。

"庆祝雨鹃红鸾星动，有人来提亲了……"云飞也目不转睛地盯着阿超。

"那有什么好庆祝的？动她脑筋的人，桐城大概有好几百！"阿超脸色一沉。

"那……庆祝她在这好几百人里，只为一个人动心！怎样？"云飞问。

阿超愕然地看云飞，云飞对他若有所询地挑着眉毛。他的脸一红，还没说什么，小三奔了进来：

"请好假了！金银花说，她都了解，让你们两个好好休息，好好考虑！如果今天不够，明天也可以不唱！"

小四丢下功课，大叫：

"万岁！我们去吃烤鸭，烤鸭万岁！"

"酱肉烧饼万岁！八宝饭万岁！"小五接口。

一行人就欢欢喜喜出门去，大家尽兴地吃了一顿，人人笑得心花怒放。

这天晚上，在回家的路上，云飞开始审阿超：

"今天你和雨鹃骑车去哪里了？失踪了大半天，你们去做什么了？你最好对我从实招来！"

阿超好狼狈，不知道云飞心里怎么想，迟疑不决，用手抓抓头：

"没什么啦！就是骑车到郊外走走！"

"哦？走了那么久？只是走走？怎么回来的时候两个人的脸色都不大对呢？"

"哪有什么不大对？"

"好啊，你不说，明天我就去告诉雨鹃，说你什么都告诉我了！"

"告诉你什么了？你别去胡说八道，这个雨鹃凶得很，发起脾气来要人命！你可别去给我惹麻烦！"

"好好！那我就去告诉她，你说她的脾气坏得要命，叫她改善改善！"

阿超急得满头大汗：

"你千万别说，她会当真，然后就生气了！"

"嗯，这种坏脾气，以后就让郑老板去伤脑筋吧！"

阿超看云飞，脸上的笑意全部隐去，僵硬地说：

"她说她不嫁郑老板！"

"哦？那她要嫁谁？"云飞凝视他，"好了！阿超，你还不说吗？真要我一句句问，你一句句答呀，累不累呢？"

这一下，阿超再也忍不住，说了：

"我哪里敢问她要嫁谁？她说不嫁郑老板，我已经快飞上天了，其他的话，放在心里，一句也不敢问……我想，雨凤姑娘跟了你，我有什么资格去喜欢雨鹃？人家是姊妹呀！所以，我就告诉她，我是十岁卖到你家的，让她心里有个谱！"

云飞瞪着他，又好气，又好笑：

"你这个二愣子，你说这些干什么？"

"不说不行呀！她一直逼我……我总得让她了解呀！"

"那她了解了没有？"

阿超直擦汗：

"好了，大少爷，如果你是问我喜不喜欢雨鹃，我当然喜欢！如果你问我，她喜不喜欢我，我想……八九不离十！只是，我没忘记自己的地位……"

云飞脸色一正：

"雨鹃有没有告诉你，她不喜欢你叫她'雨鹃姑娘'？"

"是！"

"我也正式通知你，我不喜欢你叫我'大少爷'！"

"那我叫你什么？"阿超一怔。

"叫'慕白'吧！"

"这多别扭！怎么叫得惯？"

"你记不记得，在你十八岁那年，我就把你的卖身契撕掉了！"

"我记得，那时候，你就告诉我，我随时可以离开展家，去做自己想做的事！"

云飞笑了起来，深深地看着他，充满感性地说：

"对！做你想做的事，*爱你想爱的人*！人活着，才有意义！阿超，我们不是主仆，是一对情投意合的兄弟，我们一起走过了天南地北，你也陪着我渡过许多难关，我重视你远远超过一个朋友，超过任何亲人！我们的地位是平等的！人与人之间，本来就不该有阶级地位之分的，大家生而平等！你不要再跟雨鹃说那些多余的话，你只要堂而皇之地告诉她三个字就够了！"

“你怎么跟她说一样的话？”阿超好感动，好惊讶。

“她也说了这些话？”云飞乐了。

“一部分啦！”

“哪一部分！”

“三个字那一部分！”

“哈哈！”云飞大笑，“太好了！如果有一天，我们成了连襟，我们一定要住在一起，带着小三小四小五，哇！已经是一个热热闹闹的大家庭了！”

阿超看着喜滋滋的云飞，忍不住也喜滋滋起来：

“这……好像你常说的一句话！”

“哪一句？”

“梦，人人都会做，人人都能做，对‘梦’而言，众生平等！”

云飞定定地看着阿超，笑着说：

“搞不好，再过十年，你会当作家！”

主仆二人，不禁相视而笑。两人的眼睛都闪着光，对未来充满了憧憬和希望。

19

云飞和阿超，各有各的梦，各有各的希望，各有各的快乐，各有各的爱。尽管展家给他们的压力重重，他们的生命里，这时，却充满了阳光。但是，云翔可不然，云翔的生命里，从来没有这么低潮过！

和天虹的一场吵闹，被父亲骂、母亲骂，还引发了纪总管父子的大怒，居然把他拖到郊外，修理了他一顿。逼着他又赌咒又发誓，才让天虹回家。其实，他才不在乎天虹回不回家，可是，一屋子都是敌人的滋味太难受了，他只好压抑着满腔怒气，勉勉强强把她接回来。天虹虽然回了家，一直眼泪汪汪，闷闷不乐。看样子，她的笑容只有面对云飞的时候才会出现。他看着她就有气，实在没办法和这个"眼泪缸"面面相对。所以，这天一大早，他就出了门，出门后，想到几度从手里溜走的雨鹃，更是恨得牙痒痒。当下，就决定去找雨鹃，见机行事，把那个"荒郊野外"的游戏给玩完，走到巷子口，一眼看到小四出门去上学，雨鹃送到大门口，他就站住了。先观望一下再说！

小四背着书包向前走，雨鹃追在他后面喊：

"下课早点回来，不要在外面贪玩！阿超说，你下课早，带你去骑马！"

"你不要和阿超玩'失踪'的游戏，我才有希望骑马！"小四笑着说。

"去！去！精得跟猴儿一样！快上学去！"雨鹃又笑又骂。

小四回头，仰着满是希望的脸庞，认真地看雨鹃：

"二姊，你是不是喜欢阿超？你会选择阿超吧！不会去做郑老板的三姨太吧！我跟你说，阿超是个英雄，是个男子汉，选他没错的啦！"

"赶快上课去，要迟到了！"雨鹃红着脸挥手。

小四一溜烟地跑了。

云翔听得震惊极了，怎么？雨鹃要嫁郑老板？而且，和阿超都有一手？连阿超她都要，却拒他于千里之外，简直可恨！他正想冲出去，小范、珍珠、月娥又结伴出来，和雨鹃在小院门口，一阵嘻嘻哈哈。

"雨鹃，晚上还休假吗？"

"可能吧！"

"好羡慕你们，可以休息，我觉得累死了！每天一清早上班，深更半夜才下班！"珍珠说。

月娥敲着珍珠的肩：

"你要能唱得和雨凤雨鹃一样好，金银花也会让你三分！"

"一样好没有用，还得一样漂亮！"珍珠接口。

"希望展夜枭今天晚上不出现，免得你们又要加班！"雨鹃声音清脆。

"那可不太容易，那是'夜枭'啊！"珍珠说。

"他来送钱，大家可以分红，也不错啊！'展夜枭'快变成'输夜枭'了！原来，他们家真有一个姓苏的！"雨鹃笑得好灿烂。

云翔一听，气得眼冒金星。满肚子的怒火，像一连串的炸弹，在胸中轰然炸开。

珍珠、小范、月娥走远了。雨鹃回进四合院，还来不及关门，大门砰的一声，被撞开了。她抬头看到云翔，大惊失色，急忙想拦阻，哪里拦得住！他一把推开她，狂怒地冲进门来，反手将大门哐啷一声闩住。雨鹃看到他脸色不善，立即紧张地喊：

"你来做什么？"

"来告诉你，'夜枭'也可以在白天活动！"

他一面说着，一面攥住她的手腕，连拖带拉地把她拉进房去。

房里，雨凤、小三和小五正围桌吃早餐。忽然之间，房门被撞开，云翔把雨鹃重重地摔进房来。雨鹃站立不稳，跌到早餐桌上，桌子垮了，杯子盘子被扑到地上，碎了一地。雨凤和小三小五抬头一看，大家都心惊胆战。

小五吓得哇的一声就哭了。小三急忙把小五搂在怀里，惊慌失措。雨凤冲上前去，像母鸡保护小鸡似的，把小三小五都挡在后面。

"有话好说！你这样拉拉扯扯干什么？"雨凤喊。

雨鹃从地上爬了起来，破口大骂：

"展云翔！你有种没种？是人是鬼？哪有一个大男人，一清早跑来吓唬几个姑娘！"

云翔阴森森地看着雨鹃，大声说：

"我'有种没种'，你要不要试一试？试了，你就知道了！不会比你的阿超没种，也不会比你的郑老板没种！你是这样饥不择食吗？奴才也要，老头也要！那么，何不跟了我呢？我让你知道什么才叫真正的男人！"说着，就伸手去抓雨鹃。

雨凤一急，把雨鹃也往身后一推，拦在前面，急呼：

"不得无礼！你好歹是展家的二少爷，出了门，代表的是你们展家的风范，不要把你们的家声败坏到一点余地都没有！你出去！"她指着门："马上出去！待会儿，云飞和阿超都会来，撞见了，你有什么面子！"

云翔一听到云飞和阿超，更是怒发如狂，仰头大笑了：

"哈哈！我吓死了！云飞和阿超会来，他们会把我吃掉！哈哈，我吓得魂飞魄散了！"他大步走上前去，一把捏住雨凤的下巴，阴沉沉地盯着她问："老大身上有什么东西，是我没有的？你爱他哪一点？他是男子汉吗？他有展家的风范吗？他比我漂亮吗？他比我'有种'吗？"

小五大哭，喊着：

"大姊！大姊！这就是那个'魔鬼'啊！快把'魔鬼'赶

出去啊！"

雨鹃看到他对雨凤毛手毛脚，大怒，抓起餐桌上一个饭碗，就对着他砸过去。他一偏身，躲过了饭碗，怒不可遏，瞪着雨鹃：

"你还对我摔东西？抱也被我抱过了，亲也被我亲过了，你还装什么蒜？"他大步上前，捉住雨鹃，一抱入怀："今天，我们把那天没有玩完的游戏，可以玩完了！让你的姊姊妹妹们旁观吧！"

雨鹃扬起手来，就给了他一耳光。他正忙着紧抓她的胳臂，闪避不及，被她打了一个正着，更加暴怒了：

"好！我今天跟你干上了！"

刺啦一声，雨鹃的衣服被撕破了一大片。雨鹃回头大喊：

"雨凤！赶快带小三小五出去！让我来对付他！"

这时，小三看到雨鹃危急，奋不顾身，冲上前去，一口就咬在云翔手背上。雨凤趁机，奔上前去，捞起桌上的砚台，对着他一砸。

云翔顾此失彼，捉住了雨鹃，没有躲过砚台，砚台砸在背上。那石砚又重又硬，打得他痛彻心肺。这一下，他豁出去了，大吼了一声。他放开雨鹃，反身一手抓起小五，一手抓起小三。

两个孩子尖叫起来，拼命挣扎。小三狂叫：

"魔鬼！放开我！放开我……"

"大姊……大姊……二姊……二姊……"小五吓得大哭。

雨凤、雨鹃看到两个小妹妹落进了云翔手里，就惊慌失措了。她们没命地扑上前去，想救两个妹妹。雨鹃尖叫着：

"不要伤害我的妹妹！你把她们放下来，我跟你走！"

雨凤哭了，哀求地喊：

"放开她们，我求求你，她们还小，没有得罪过你，请你放掉她们吧！"

云翔挟持着两个小的，对两个大的厉声喊：

"你们两个，给我站住！"

雨凤和雨鹃听命站住。云翔用脚踢了两张椅子在面前：

"坐下！"

雨凤和雨鹃乖乖地坐下。

"你们家什么地方有绳子？"云翔问雨凤。

"没有……没有绳子！"

"胡说八道！"

"真的没有绳子，平常用不着！"

云翔四面看看，丢下两个孩子，把窗帘一把扯下。雨鹃急忙喊：

"小三！逃呀！"

小三往门外冲，云翔一步过来，把她捉住。他回头怒视雨鹃，走过去，一拳对她的脑袋重重挥去。雨鹃眼前一黑，立即晕过去了，倒在地上。雨凤吓呆了，喊着：

"不要！不要不要！求求你不要伤害我的妹妹们！求求你！求求你……"她泣不成声了。

云翔看到雨鹃已经晕过去，就走过去把房门锁住。

"你……你……你要干什么？"雨凤站起身来。

"坐下！不要动，再动一动，我把你的三个妹妹全体杀掉！"

雨凤坐回椅子里，脸色苍白如纸，不敢动。

云翔把窗帘撕碎，把小三、小五绑住，丢进里间房，关上房门。小三和小五在里面不停地哭叫：

"救命啊……救命啊……"

云翔充耳不闻，再用布条把雨鹃的手和脚绑了个结结实实。雨凤趁他在绑雨鹃的时候，跳起身子，往门口跑。他伸腿一绊，雨凤摔跌在地上的碗盘碎片中，手脚都被割破了。他吼着：

"你再不给我安安静静待着，你想要雨鹃送命吗？"

雨凤从地上爬了起来，害怕极了，哀恳地看着他：

"我们知道你厉害，我们怕了你了，饶了我们吧！你到底要干什么？要证明什么？我们已经家破人亡了，你为什么还不肯放过我们？"

云翔把昏迷的雨鹃绑好，再用布条塞住嘴，推在墙角，走过来把雨凤一把抱起。

"放开我！放开我……"雨凤心知不妙，尖声大叫。

"你还不知道我要干什么吗？我要占有你！我最恨的一种人，就是害了'云飞迷恋症'的那种人！你偏偏就是其中之一！我早就对你兴趣浓厚，你想知道我要证明什么吗？证明云飞要的东西，我永远可以到手！我要让你比较比较，是你的云飞强，还是我强！我要索回他欠我的债！"他一面怒喊着，一面把她抛上床。

雨凤大惊，狂喊：

"你不可以！你不可以！只要你是一个人，你就不可以做这种事……"

"哈哈哈哈！在你们姊妹的'歌功颂德'下，我早就不是'人'了！我是'夜枭'，我是'魔鬼'，不是吗？现在，我让你领教领教什么叫'夜枭'，什么叫'魔鬼'……免得让我浪得虚名！"他大笑着说。

刺啦一声，雨凤的上衣被撕破了。

这时，雨鹃悠悠醒转，睁眼一看，手脚都被绑住，无法动弹。再一看，云翔正在非礼雨凤，不禁魂飞魄散。张口要叫，才发现自己的嘴中塞着布条，叫不出来。她嘴里咿咿唔唔，手脚拼命挣扎。云翔回头看了她一眼：

"你不要急，等我跟雨凤玩完了，就轮到你了！"

雨鹃口不能言，目眦尽裂，倒在地上，拼命滚着，往床前蹭过去，想救雨凤。

雨凤已经心胆俱裂，泪如雨下，在床上挣扎哀求：

"放掉我，求求你，放掉我！我以后再也不敢跟你作对了，再也不敢骂你了！你饶了我吧……"

"太晚了！"他一把扯下她的内衣，她只剩一件肚兜，他再去扯肚兜。

雨凤眼看贞洁不保，痛不欲生，仰头向天，发出一声力竭声嘶的狂喊：

"啊……爹……救我……救我……"

她一面狂喊，一面猛然从枕头下面，抽出以前藏的匕首，她使出全力，向他疯狂般地刺去。

变生仓促，云翔猝不及防，虽然跃身去躲，匕首仍然刺破衣袖，在手臂上划下一道血痕。他怎样都没料到，她会有匕首，大惊之下，慌忙跳下地。

雨凤已经如疯如狂，红着双眼，握着匕首，追杀过来。她再一刀刺去，划破了他的裤管，又留下一道血痕。云翔虽想反扑，但是，雨凤势如拼命，也不知道她从哪儿来的力气和勇气，再一刀，又划破了他背部的衣服，一阵刺痛。他竟然被她逼得手忙脚乱，破口大骂：

"你当心！给我捉住了你就没命！我会杀了你……"

雨凤早已神志昏乱，脑子里什么意识都没有，眼睛里只有云翔那张脸，那个毁了她的家，烧死她的爹，逼得她爱不能爱，恨不能恨，还要欺侮她的弟妹，污辱她的贞洁……她要杀了他！她要砍碎他！她追着云翔，绕室狂奔。她踩到地上的碎片，脚底划破了，整个人就颠踬了一下。云翔趁此机会反扑，大叫一声，转身来捉她。不料雨凤已经蹭到他的脚下，她手脚都不能动，只能用脑袋狠狠地去撞他的腿，他一个站不住，就摔了一跤。雨凤握着匕首，直扑而下。

云翔大惊，危急间，奋力一滚，雨凤的匕首，就插进桌脚。她用力拔刀，拔不出来，他掌握这个时机，扑过来，给了她重重的一拳，把她打倒在地。

这时，云飞和阿超骑着自行车，到了小院门外，按按车铃，没人开门。忽然听到门内，传来隐隐约约的呼救声。

"救命啊！救命啊……谁来救我们啊……"小三在狂

喊着。

云飞和阿超面面相觑。两人倏然变色，同时翻身下车，飞身撞门。

屋里，雨凤的匕首，已经落进云翔手里，云翔举着匕首，怒叫：

"我今天不毁掉你们姊妹两个，我就不是展云翔！"

他持刀对雨凤扑去。雨凤的力气，已经全部用尽，躺在地上，只能引颈待戮。

就在这时，房门飞开，云飞和阿超扑了进来。

阿超一见室内情况，眼睛都涨红了，大叫：

"我杀了你！我杀了你！"

阿超对云翔扑去，云翔举起匕首，一阵挥舞，阿超奋不顾身，拿起一支断裂的桌脚，对他当头打下，他闪避不及，被打得惨叫。扬起匕首，他大吼着对阿超刺来，阿超闪了闪，他就夺门而去。

云飞看着室内的情形，看到衣不蔽体的雨凤，感到天崩地裂。他大喊："阿超！先救人要紧！"

阿超奔回。只见满室狼藉，雨鹃和雨凤都是伤痕累累，半裸着身子，躺在满地碎片中呻吟。云飞和阿超，不敢相信地看着这一切。两人的眼中，几乎都喷出火来。两人的脸色，都惨白如纸。

云飞从床上抓起一床棉被，把半裸的雨凤裹住，一把抱了起来。抱得好紧好紧，只觉得自己的五脏六腑，全部迸裂。

阿超扑过去，拉出雨鹃嘴中的布条，解开了她的绳子。

她喘息着，咳着：

"咳咳！小三、小五在里面！去救她们！快去……咳咳……"

阿超奔进里间去救两个小的。

云飞抱着雨凤，低头看着她。他的心，已经被愤怒和剧痛撕扯成了无数的碎片，一片一片，都在滴血。他痛极地低喊：

"雨凤，雨凤……"

雨凤睁大眼看着他，浑身簌簌发抖，牙齿和牙齿打着战。

"我……我……我……"她抖得太厉害，语不成声。

云飞眼睛一闭，泪水夺眶而出：

"嘘！别说话，先休息一下！"

雨凤身子一挺，厥过去了。云飞直着喉咙大叫：

"雨凤！雨凤！雨凤……"

雨凤这一生，碰到过许多的挫折，面对过许多的悲剧。母亲的死，父亲的死，失去寄傲山庄……以至于自己那悲剧性的恋爱和挣扎。她一件一件地挨过去了，但是这次，她被打倒了，她挨不过去了。在接下来的一段时间里，她一直陷在昏迷中，几乎什么感觉都没有。她唯一的潜意识，就是退缩。她想把自己藏起来，藏到一个洁白的、干净的、没有纷争、没有丑陋的地方去。对人生，对人性，她似乎失去了所有的信心和勇气了。她甚至不想醒过来，就想这样沉沉睡去。

时间不知道过去了多久，她终于醒了，她慢慢地睁开眼睛，茫然地看着天花板上的吊灯，转开头，茫然地看着那陌生的房间，然后，她接触到云飞那着急炙热的凝视。她一个惊跳，从床上直弹起来，惊喊：

"啊……"

云飞急忙将她一把抱住：

"没事了！没事了！不要怕！是我！是我！"

她在他怀中簌簌发抖。他紧紧地，紧紧地搂着她，哑声说：

"雨凤，不要怕，你现在已经安全了！"

她喘息，发抖，不能言语。云飞凝视她，解释着：

"我把你们全家，暂时搬到客栈里来，那个小屋不能再住了！我开了两个房间，阿超陪雨鹃和小三小四小五，在另外一间，我们已经去学校，把小四接回来了！你身上好多伤，有的是割到的，有的是被打的！我已经找大夫给你治疗过，帮你包扎过了，但是，我想，你还是会很痛……"说到这儿，他的声音就哽住了，半天，才继续说："我比你更痛……我明知道你们好危险，就是一直没有采取保护行动，是我的拖拖拉拉害了你，我真该死！"

她仍然发抖，一语不发。他低头看着她。看到她脸上，青青紫紫的伤痕，心如刀绞。他就低下头去，热烈地、心痛地吻着她的眉，她的伤，她的眼，她的唇。

她一直到他的唇，辗过她的肩，才蓦然惊觉。她挣扎开去，滚倒在床，抓了棉被，把自己紧紧裹住。

"怎样？你哪里不舒服，你告诉我！"他着急地喊。

她把脸埋进枕头里，似乎不愿见到他。他去扳转她的身子，用手捧住她的面颊，痛楚地问：

"为什么不看我？为什么不说话？你在跟我生气？怪我没有保护你？怪我有那样一个魔鬼弟弟？怪我姓展？怪我不能给你一个好的生存空间？怪我没有给你一个家……我知道，我都知道，我坐在这儿，看着遍体鳞伤的你，我已经把自己恨了千千万万遍了！骂了千千万万遍了！"

她闭住眼睛，不言不语。他感到摧心摧肝的痛，哀求地说：

"不要这样子，不要不理我！你说说话，好不好？"

她的脸色惨白，神志飘忽。

他皱紧眉头，藏不住自己的伤痛，凄楚地看了她好一会儿：

"难道……你认为自己已经不干净了？不纯洁了？"

这句话，终于引起了反应，她一阵颤栗，把脸转向床里面。

云飞睁大眼睛，忽然把她的上身，整个拉起来，紧紧地搂在怀中。他激动地、痛苦地、热烈地、真挚地喊：

"雨凤！今天你碰到的事，是我想都想不到的！我知道，它对你的打击有多么严重！你也该知道，它对我的打击有多么严重！我完全了解，这样的羞辱，是你不能承受的！我还记得你那天告诉我，你嫁给我的时候，一定会给我一个白璧无瑕的身子！那时候，我就深深地明白了，你看重自己的身体，和看重自己的心是一样的！雨凤，这样的你，在我心里，永远都是白璧无瑕的！别说今天云翔并没有得手，就算他得手了，我对你也只有心疼！你的纯洁，你的纯真，都不会受这件事的影响，你懂了吗？懂了吗？"

她被动地靠在他怀里，依旧不动也不说话。他的心，分崩离析，片片碎裂。他几乎没有办法安慰自己了。他哀求地说：

"跟我说话，我求求你！"

她瑟缩着，了无生气。

"你再不跟我说话，我会急死！我已经心痛得不知道该如何是好，愤怒得不知道该如何是好，也自责得不知道该如何是好！你不要再吓我……"他抱着她，盯着她的眼睛，发自肺腑地低语，"雨凤，我爱你，我好爱好爱你！让你受到这样的伤害，我比你更痛苦！如果，你再不理我，那像是一种无声的谴责，是对我的惩罚！雨凤，我和你一样脆弱，我受不了……请你原谅我，原谅我吧！"他紧抱着她，头垂在她肩上，痛楚得浑身颤抖。这种痛楚，似乎震动了她，她的手动了动，想去抚摸他的头发，却又无力地垂了下来，依然无法开口说话。

半晌，他抬起头来，看到她的眼角，滚下两行泪。他立刻痛楚地吻着那泪痕：

"如果你不生我的气了，叫我一声，让我知道！"

她不吭声。他摇着她，心在泣血：

"你不要叫我？不要看我？不要说话？好好，我不逼你了，你就什么都不说，我在这儿陪着你！守着你！等你愿意说的时候，你再说！"

他把她的身子轻轻放下。她立即把自己蜷缩得像个虾子一般，把脸埋进枕头里，似乎恨不得把自己藏得无影无踪。

他看着她，感到巨大的痛楚，排山倒海般卷来，将他淹没。

在客栈的另一间房间里，雨鹃坐在梳妆台前，小三拿着药瓶，在帮她的嘴角上药。阿超脸色苍白，神情阴郁，在室内走来走去，沉思不语。小四怒气冲冲，跟着阿超走来走去，说：

"如果我在家，我会拼命保护姊姊的！那个魔鬼太坏了，他故意等到我去上学，他才出现，家里一个男人都没有……他只会欺负女人，他这个王八蛋！"

小五坐在床上，可怜兮兮地看着大家：

"我们是不是又没有家了？那个'魔鬼'一出现，我们就没有家了！阿超大哥，我好害怕，他还会不会再来？"

阿超一个站定，眼神坚决地看小五：

"你不要怕！我知道我该怎么做了！"

雨鹃蓦然抬头看他：

"你要怎么做？"

"你不用管！那是我们男人的事！"

小四义愤填膺地跟着说：

"对！那是我们男人的事！阿超，你告诉我！我一定要加入！"

雨鹃一急起身，牵动身上伤口，痛得咧嘴吸气。阿超心中一痛，瞪着她说：

"你为什么不去床上躺着，身上割破那么多地方，头上肿个大包，大夫说你要躺在床上休息，你怎么不听呢？"

雨鹃用手在胸口重重地一敲：

"我这里面烧着一盆火，烧得那么凶，火苗都快要从我的每个毛孔里蹿出来了，我怎么躺得住？"

阿超拼命点头，眼里冒着寒光：

"我知道，我知道！你放心！你放心！"

"你这样说，我怎么能放心？你那个样子，就是要去拼命！"雨鹃喊着，奔过去，抬眼盯着他，"在以前，你如果要去拼命，我或者求之不得！但是，现在，我不能让你拼命，我舍不得！"

阿超大大一惊，盯着她：

"我的念头已经定了，不能动摇！我会很快就解决这件事！"

雨鹃咽了口气，沉痛地说：

"我了解，杀他对你来说，太容易了！但是，展家不会放过你！我已经受到教训了，就因为我是这么冲动，为了想报仇，什么方法都用，这才会引狼入室，把自己也越陷越深，还害惨了雨凤！我现在不要你轻举妄动，因为你对我们全家都太重要！你要保护我的姊姊、弟弟、妹妹！还有慕白！你是我们唯一的阿超，我们损失不起！"

"只要把那个夜枭除掉，谁都不需要保护了！所有的恐怖，所有的罪恶，只有一个来源，等我把他除了，你们就可以平平安安过日子了！雨鹃，你不要管我，现在，天王老子也没办法让我咽下这口气，我非杀他不可！"

雨鹃咬咬牙，闭了闭眼睛：

"好！你决心已经下了，不可动摇，我就不劝你了！但是，现在的状况一团乱，雨凤和我，都浑身是伤，家没有家，房子没有房子，待月楼的工作没有交代……你，可不可以把我们安顿好了，再去除害？"

"大少爷已经说了，明天就去找房子，给你们搬家！"

"好！搬完家，我们再说！"

小五坐在床上，抽抽噎噎地哭起来了。小三急忙上床，用手臂紧紧地圈着她。

"小五！不要怕，我们都在这儿！都在这儿！"小三安慰地说。

"为什么又要搬家？我要回家，我要回寄傲山庄去！我要……找爹！"

雨鹃脸色惨然。小三紧搂着小五，摇着，晃着，哼着歌抚慰她。

这时，房门敲了敲，云飞打开房门，满脸憔悴地站在门口：

"雨鹃，她醒了，可是，她一句话也不说，随我说什么，她就是不开口，我想，或者，她看到你们，会好一点！"

雨鹃急忙往外走，三个弟妹跟着，大家都跑了出去。

大家来到雨凤的床前，看到她蜷缩在床上，紧闭着眼睛，一动也不动。

雨鹃就跪在床前面，伸手紧紧地抱住她的头，激动地说：

"你好勇敢！你让我太佩服了，我没想到你还记得床垫下面的匕首……你那么拼命……保全了我们的清白！雨凤，他没有到手，他没有成功……我们还是干干净净的！"

雨凤仍然不动，也不说话，她的神思缥缈，整个人像是腾云驾雾，正轻飘飘地向天飞去。弟妹们的声音，云飞的声音，都离她很遥远。不要听，不要看，不要感觉……这种"无感觉状态"，几乎是舒适的。她不要醒来，她要沉沉睡去。

雨鹃被她的沉默吓住了，放开她，凝视她。伸手拨开她面颊上的头发，她立即受惊地往床里一缩，雨鹃大急，去扳她的肩：

"雨凤，你打我吧！你骂我吧！都是我不好，老早就该听你的话，不要去惹他！都是我想报仇，才引狼入室，是我的错！我的错！我的错！"她哭了起来："我知道你有多难过，我知道你觉得多羞辱，你一向那么洁身自爱，连别人拉拉你的手，你都会难过好半天……我知道，我都知道！"

小三和小五都爬上了床，小五伸手去抱雨凤，啜泣地喊：

"大姊！你好痛，是不是？我帮你'呼呼'！"就对着雨凤头上、手臂上的伤吹气，一边吹，一边眼泪滴滴答答，掉在伤口上。

小三也抱住雨凤：

"大姊，你不要难过了，你拼了命，保护了我们大家，你看，我们都还好，只有你和二姊，受伤最多，你好伟大！你不是常常说，只要我们五个，都在一起，就什么都好了！现在，我们五个，都在一起呀！”说着说着，也哭了。

小四眼眶红红的，伸手去摸雨凤的手：

“大姊，阿超说了，我们明天就搬家，搬到一个安全的地方去，你不要再担心了！然后，报仇的事，交给我们男人去做！”

雨凤抽回了自己的手，把身子蜷缩起来。

云飞凝视着她，心里涨满了恐惧。雨凤，雨凤！不要藏起来，你还有我啊！不要这样惩罚我！他冲上前，摇着她，喊着：

“雨凤！你听到你弟弟妹妹的呼叫了吗？你还有他们四个要照顾，他们需要你，我也需要你，为了我们大家，你不要被打倒，你不可以被打倒，睁开眼睛，看看我们大家吧！”

雨凤更深地蜷缩了一下，把脸孔也埋进枕头里去了。

阿超看不下去了，一跺脚，往门外冲去：

“大少爷，这儿就交给你了！我去找那个混蛋算账！”

云飞跳起身子，拦住他，沉痛至极地说：

“他不是你一个人的事，他是我们两个人的事！可是，现在，首先要料理的，是他们五个的生活，要治疗的，是她们受创的身心！还要保护雨凤和雨鹃的名节，要辞去待月楼的工作，还有郑老板的求亲……我们有一大堆的事要做，你走了，谁来帮我？今天，就算我们已经到了最后关头，我们暂时还得忍耐，头不可抛，血不可洒，因为……还有他们五个！”

阿超被点醒了，瞪大眼，无可奈何至极。

　　萧家四个姊弟，围绕着雨凤，吹的吹，喊的喊，摇的摇。五个人抱在一起，显得那么脆弱，那么无助，那么孤苦……阿超眼睛一红，泪湿眼眶。知道云飞的话很对，现在，最重要的事，是给五个姊弟找一个家。找一个可以安身养病的地方，找一个安全温暖的地方。他一分钟都不想耽搁，对云飞说：

　　"我马上去找房子！大少爷，这儿交给你了！"

　　云飞点点头，阿超就出门去了。

　　整个下午，阿超马不停蹄地奔波，总算有了结果。当他回到客栈的时候，已经是晚上了。客栈里，灯火半明半暗地照射着走廊，有一种冷冷的苍凉之感。他走进走廊，就看到雨鹃一个人坐在客房门口掉眼泪。

　　"雨鹃，你怎么一个人待在门外？"他惊问，"怎么？情况不好吗？"

　　雨鹃看到他，站起身来，眼泪滴滴答答往下掉，拼命摇头：

　　"不好，不好，一点都不好！一整天了，她不吃东西也不说话，大夫开的药熬好了，怎样都喂不进去。她就一直把自己缩在那里，好像隔绝在另外一个世界里，好像她不要面对这个世界，也不要面对我们了……我觉得，她现在恨每一个人，恨这个世界，也恨我怪我……我好怕，她会一直这个样子，再也醒不过来，那怎么办？"她掩面抽噎。

　　阿超着急地看着她：

　　"你自己呢？有没有吃药？"

“她不吃，我也不吃！”

“你这是什么话？一个人病成那样，我们已经手忙脚乱了，你也要那样吗？你要帮雨凤姑娘，就先要让自己振作起来呀！要不然，大家都会撑不下去的！你也没有睡一下吗？”

她摇头。阿超更急：

“那……大少爷呢？小三小四小五呢？”

她拼命摇头。

“唉唉，这怎么是好？你们会全体崩溃的！”

房门打开，云飞听到声音走出来，见到阿超，就急急地问：

“怎么样？有没有找到合适的房子？”

“找到了！就是上次你把利息打对折的那个顾先生，他介绍了一个独门独院的房子，房东去北京了，整座房子空了出来。我看过了，房子干干净净的，家具都是现成的！还有院子和小花园，客厅厨房卧室一应俱全。当然不能和家里比，但是比她们原来住的那个，就强太多了！反正，没什么选择的机会，我就做主租下来了！租金也不贵，人家顾先生帮忙，一个月只收两块钱！”

“离城里远吗？在哪儿？”

“不远，就在塘口！”

“好！阿超，办得好！我们明天就搬！住在这儿太不方便了，药冷了也没办法热！想给她煮个汤，也没办法煮，真急！”

雨鹃急忙抬头问云飞：

“药，她吃了吗？”

云飞摇摇头。

"我再去试试！"雨鹃说着，冲进房去。

云飞看着阿超：

"阿超，你还不能休息，你得回家一趟！"

阿超的眼神立刻变得凌厉起来。云飞盯着他：

"如果碰到云翔，你什么都不要做，听到了吗？在目前这个状况下，我们不能轻举妄动，不能再出任何差错，你答应我！"

阿超郑重地点了点头。

雨鹃来到雨凤的病床前，看到她还是那样躺着，昏昏沉沉地，额上冒着冷汗。小三小四小五都围在床前。小三端着药碗，无助地看着雨凤，眼泪汪汪，雨鹃接过了小三手里的药碗，坐在床前，哀求地说：

"雨凤，一整天，你什么都没吃，饭不吃，药也不吃，你要我们怎么办呢？你身上那么多伤，大夫说，一定要吃药。你看，我们四个这样围着你，求着你，你为什么不吃呢？你是跟自己怄气，还是跟我怄气呢？你再不吃，我们四个全体都要崩溃了！"说着，就拿汤匙盛了药，小小心心地喂过去。

雨凤皱眉，闭紧眼睛，就是不肯张嘴。

云飞走进门来，痛楚地看着。

小三一急，从床上滑下地，扑通一声跪落地，伤心地痛喊：

"大姊，你如果不吃，我就给你跪着！"

"大姊！我也给你跪着！"小五跟着跪落地。

雨鹃扑通一声，也跪下了。

"我们都给你跪着，求你听听我们，求你可怜我们！"雨鹃哭着喊。

小四很生气，充满了困惑和不解，冲口而出地喊：

"大姊，你是怎么回事嘛？这一切，不是我们的错呀！你现在不吃东西不吃药，惩罚的是我们，难过的是我们，那个展夜枭才不会在乎，他还是过他的快活日子……"

云飞急忙捂住了小四的嘴，哑声地说：

"不要提，提都不要提！"

小四一咬牙：

"好吧！要跪大家一起跪！"

小四也跪下了。

雨鹃再用汤匙盛了药，颤颤抖抖地去喂她：

"雨凤，我们都跪在这儿，求求你吃药！"

雨凤眼角滑下泪珠，转身向床里，面对着墙，头也不回。

四个兄弟姊妹全都沮丧极了，大家你看我，我看你，泪眼相对。

半晌，云飞接过药碗，放在桌上，对雨鹃说：

"喂药的事，让我来吧！雨鹃，你带弟弟妹妹们去那间房里休息，我刚刚让店小二买了一些蒸饺包子馒头……等会儿会送到你们房里去，大家都要设法吃一点东西，睡一下，雨凤需要你们，请你们帮个忙，谁都不能倒下，知道吗？"

雨鹃含泪点头，伸手去拉弟妹：

"我们听慕白大哥的话，就是帮大姊的忙了！我们走吧！"

小三小四小五就乖乖地、顺从地、默默无语地跟着雨鹃走到房门口。到了门口，雨鹃站住了，抬头看着云飞：

"我心里憋着一句话，想对你说！"

"是，你说！"

"那句话就是……对不起！"雨鹃眼泪一掉。

"为什么要这样说……"

"想到我曾经反对过你，千方百计阻挠你接近雨凤，甚至破坏你，骂你……我觉得，我欠你许多'抱歉'！现在，看到你对雨凤这样，才知道'情到深处'是什么境界！对不起！好多个对不起！请你原谅我以前的无知！"

她说完，带着弟弟妹妹们去了。

云飞震动地站着，鼻中酸楚，眼中潮湿。然后，他吸了口气，走过去把雨凤的枕头垫高，再把她的头用枕头棉被固定着，伸手捧住了她的脸，坚决地、低柔地说：

"雨凤，来！我们来吃药，我不允许你消沉，不允许你退缩，不允许你被云翔打倒，更不允许你从我生命里隐退，我会守着你，看着你，逼着你好好地活下去！"

雨凤眉头微微地一皱，睫毛颤抖着。云飞坚定地端起药碗，拿起汤匙，开始喂药。但是，她的嘴巴紧闭着，不吞也不咽，药汁都从嘴角溢了出来。

他用毛巾拭去她嘴角的药汁，继续专注地、固执地、耐心地喂着。

20

云翔从萧家小屋跑出去之后，生怕阿超追来，就像一只被追逐的野兽，拼命狂奔，一口气跑到郊外。

他站在旷野中，冷飕飕的秋风，迎面一吹，他就清醒过来了。他迷糊地看看手臂上的伤痕，想想发生过的事，突然明白自己闯了大祸！云飞和阿超不会放过他，他眼前闪过云飞狂怒的眼神，阿超杀气腾腾的嘴脸，他激灵灵地打了个寒颤。

怎么会发生这种事呢？干吗去招惹雨凤呢？他有些后悔，现在，要怎么办？他苦思对策，越想越恐慌。

没办法了！只好去找纪总管和天尧，不管怎样，他还是纪总管的女婿！

当他衣衫不整，身上带伤，跛着脚，狼狈地出现在纪总管面前的时候，纪总管和天尧吓了好大的一跳，父子二人，惊愕地瞪着他。

"你是怎么弄的？你跟谁打架了？"纪总管问。

天尧急忙跑过去，查看他手脚的伤势：

"只是划破了，伤口不深，应该没大碍！谁干的？"

他看着他们，双手合十，拜了拜：

"你们两个赶快救我，老大和阿超这次一定会杀了我！"

"是云飞和阿超？他们居然对你动了刀？你为什么吓成这样子？到底是怎么回事？"纪总管太惊讶了。

"你们一定要想办法救我，要不然我什么都不说！我要收拾东西，离开桐城，我要走了！天虹我也顾不得了！"

"你要走到哪里去？"

"和老大四年前一样，走到天涯海角去，免得被他们杀掉！"

"你到底闯了什么祸？快说！"纪总管变色了。

"老大和阿超……抓到我……我在雨凤床上！"

"啊？"天尧大惊。

纪总管睁大了眼睛，简直不敢相信自己的耳朵。云翔急忙辩解，说：

"那两个妞儿，根本就是人尽可夫嘛！她们每天晚上，都在待月楼里诱惑我！天尧，你也亲眼看到的，是不是？那个雨鹃，还把我约出去，投怀送抱，热火得不得了！逗得我心痒痒的，又不让我上手！你们也知道，天虹怀孕了，我已经好久没碰过她了，所以……所以……"

纪总管听到这儿，已经听不下去了，举起手来，就想给他一耳光。

云翔迅速地一退，警告地喊：

"你们不可以再碰我，我已经浑身是伤了！昨天被你们修理，今天又被砍了好多刀！我就是背！"他跺脚，一跺之下，好痛，不禁哎哟连声："如果在家里，你们动不动就修理我，老大他们动不动就想杀我，天虹动不动就给我上课，还动不动就禁止我出门赌钱……这种生活，我过得也没什么味道，不如一走了之！你们另外给天虹找个婆家，嫁了算了！我什么都不管了！"

纪总管指着云翔，咬牙切齿：

"兔子都知道，不吃窝边草！你连兔子都不如！嘴里讲的话，更没有一句是人话，我真后悔，把天虹嫁给你！你欺负天虹的账，我还没跟你算完，你居然还去欺负别家的闺女！你到底有没有把天虹放在眼里？"他走过去，翻翻他的衣袖，翻翻他的衣领，看看他的伤处，厉声问："你去强暴人家了？是不是？"

纪总管这一吼，声色俱厉，云翔吓了一跳，冲口而出：

"其实，根本没有到手嘛！谁知道这两个妞儿那么凶，枕头底下还藏着匕首，差点没被她们杀了！真是羊肉没吃着，惹了一身臊！我根本不是存心要去占她们的便宜，我是想把雨鹃约出来玩玩，谁知道在门口就听到她损我骂我，一气之下，就无法控制了！"

"原来，这些刀伤是她们刺的！真遗憾，怎么没刺中要害呢？"

"纪叔！你真的宁愿天虹当寡妇，是不是？"

"爹，让他自己去对付吧！男子汉敢做敢当！我们只当不知道，云飞和阿超爱把他怎样就怎样！"天尧愤愤地说。

"好！"云翔掉头就走，"那我走了！天虹和孩子就交给你们了！"

纪总管一拍桌子，大吼：

"你给我站住！"

云翔站住，可怜兮兮地看着纪总管：

"纪叔，你赶快帮我想办法，等会儿云飞他们回来了，不知道会对爹怎么说？"

"你干下这种伤天害理的事，还怕人知道吗？你逼得云飞无路可走，非杀你不可！你想，云飞怎会把这事告诉你爹？怎会把这事宣扬出去？为了雨凤和雨鹃的名誉，他们只能打落牙齿和血吞！所以，他们会直接找你算账！"

"那么，我要怎么办？那个阿超，被我们打了之后，每次看我的眼光，都好像要把我吃下去，现在，新仇旧恨加起来，我逃得了今天，也逃不了明天！"

天尧瞪着他说：

"不用想了，这件事，你的祸闯大了，你死定了！云飞对这个雨凤，爱到极点，早已昭告天下，那是他的人，你居然敢去碰！你看那待月楼，多少人喜欢雨凤，谁敢碰她一下？你以为云飞平常好欺负，为了雨凤，他会拼命！"

云翔哭丧着脸：

"我知道啊！要不然，这么丢脸的事，我来告诉你们干吗？你们父子是天下最聪明的人，每次我出了事，你们都能帮我解决，现在，赶快帮我解决吧！我以后一定好好地爱天虹，好好地做个爹，从此收心，不胡闹，不赌钱了！”

纪总管瞪着他，又恨又气，又充满无可奈何。想到天虹，心中一惨，不禁跌坐在椅子里，长长一叹：

“唉！天虹怎么这么命苦？”他抬头，对云翔大吼：“还不坐下来，把前后经过，跟我仔细说说！”

云翔知道纪家父子，已经决定帮忙了，一喜，急忙坐下。这一坐，碰到伤处，不免又“哼哼唉唉”个不停。

纪总管凝视着他，若有所思。

那天下午，云翔躺在一个担架上，被四个家丁抬着，两个大夫陪着，纪总管和天尧两边扶着，若干丫头簇拥着，急急忙忙地穿过展家庭院、长廊，往云翔卧室奔去。云翔头上缠着绷带，手腕上、腿上全包扎得厚厚的，整个人缠得像个木乃伊，嘴里不断呻吟。纪总管大声喊：

“小心小心！不要颠着他！当心头上的伤！”

这样惊心动魄的队伍，惊动了丫头家丁，大家奔出来看，喊成一片：

“不得了！老爷太太慧姨娘……二少爷受伤了！二少爷受伤了……”

祖望、品慧、梦娴、齐妈、天虹……都被惊动了，从各个房间奔出来。

“小心小心！”纪总管嚷着，“大夫说，伤到脑子，你们千万不要震动他呀！”

品慧伸头一看，尖叫着差点晕倒，锦绣慌忙扶着。

"天啊！怎么会伤成这样？碰到什么事情了？天啊……天啊……我可只有这一个儿子啊……如果有个三长两短，我也不要活了……"品慧哭了起来。

天虹见到这种情况，手脚都软了：

"怎会这样？早上还是好好的，怎会这样？"

天尧急忙冲过去扶住她，在她耳边低语：

"你先不要慌，大夫说，没有生命危险。"

天虹惊惧地看着天尧，直觉到有什么难言之隐，不敢多问。

祖望奔到担架边，魂飞魄散，颤抖地问：

"大夫，他是怎么了？"

"头上打破了，手上脚上背上，都是刀伤，胸口和腹部，全有内伤，流了好多血……最严重的还是头部的伤，大概是棍子打的，很重，就怕伤到骨头和脑子！这几天，让他好好躺着，别移动他，也别吵着他！"大夫严重地说。

"是是！"祖望听到有这么多伤，惊惧交加，忙对家丁喊，"小心一点！小心一点！"

大家浩浩荡荡，把云翔抬进房去。梦娴和齐妈没有进去，两人惊愕地互视。

云翔躺上床，闭着眼睛哼哼：

"哎哟，哎哟……痛……好痛……"

品慧扑在床前，痛哭失声：

"云翔！娘在这里，你睁开眼睛看看！"她要摸他的头，又不敢摸："你到底得罪谁了？怎么会被打成这样子？你可别丢下娘啊……”

云翔听到品慧哭得伤心，忍不住睁开眼睛看了看她，低语：

“娘……我死不了……”

纪总管悄悄死命掐了他一下，他“哎哟”叫出声。

大夫赶紧对大家说：

“没事的人都出去，不要吵他！让他休息。也别围着床，他需要新鲜空气！我已经开了药，快去抓药煎药，要紧要紧！”

“药抓了没有？”祖望急呼。

“我已经叫人去抓了，大概马上就来了！”纪总管就对丫头家丁们喊，“出去出去，都出去！”

“我也告退了，明天再来看！”大夫对纪总管说，“有什么事，通知我！我马上赶来！”

大夫转身出门，祖望担心极了，看纪总管：

“要不要把大夫留下来？这么多伤，怎么办？”

“老爷，你放心，我自有分寸。云翔是你的儿子，是我的半子，我也不能让他出一点点差错。大夫说他要静养，我们就让他静养。反正，大夫家就在对街，随时可以请来！”纪总管安慰地说。

天虹看看云翔，看看纪总管，又是担心，又是疑惑：

“爹，你确定他没问题吗？看起来好像很严重啊！”

“满身是伤，当然严重！好在，都是皮肉伤，云翔年轻，会好的！让他休息几天，也好！”

祖望低问纪总管：

"谁干的？知道吗？有什么深仇大恨，要下这样的毒手？"

纪总管拉了拉他的衣袖：

"我们出去说话吧！"

纪总管的眼神那么严肃，祖望的心，就咚地一沉，感到脊梁上一阵凉意。他一句话都不说，就跟着纪总管，走进书房。

纪总管把房门关上，看着他，沉重地开了口：

"老爷！你必须做一个决定了，两个儿子里，你只能留一个！要不然你就留云飞，让云翔离开！要不然，你就留云翔，让云飞走！否则，会出大事的！"

祖望心惊肉跳，整个人都大大地震动了：

"什么？你的意思是说，是云飞下的手？云飞把他打成这样？"他瞪大眼睛，拼命摇头："不可能的，云飞不会这样！这一定有错！"

"你不要激动，你听我说！事情不能怪云飞，云翔确实该打！"

"为什么？"

"老爷，这件事你知我知，不能再给别人知道，毕竟，家丑不可外扬！说出去大家都没面子，都很难听！"纪总管盯着他，一脸的沉痛和诚恳。

"到底是怎么回事？"

"云翔占了雨凤的便宜！"

"你说什么？"祖望惊跳起来。

"真的！我不会骗你！你对你自己的两个儿子，一定非常了解！云翔是个暴躁小子，一天到晚就想和云飞争！争表现争事业争父亲也争女人！我常常想，他当初会那么拼命追求天虹，除了天虹什么人都不娶，主要是因为天虹心里有个云飞！他要的不是天虹，是属于云飞的天虹！"纪总管说到这儿，就情不自禁，眼中充泪了，这时，倒是真情流露，"天虹是个苦命的孩子，她爱了一个人，嫁了一个人，她谁也没得到！她是欠了展家的债，来还债的！"

"亲家，你怎么这样讲？"祖望颤声说。

纪总管拭了拭泪：

"这是真的！总之，云翔就是这样，有时实在很气人！云飞热情而不能干，是个书呆子，也是个痴情种子！以前对映华，你是亲眼目睹的，这次对雨凤，你也亲自体验过，他一爱起来就昏天黑地，什么事情都没有他的爱情重要！结果，云翔又跟他拼上了。所以，最近云翔常常去待月楼，还输了不少钱给郑老板，就为了跟云飞争雨凤！我为了怕你生气，都不敢告诉你！"

"你为什么要瞒着我呢？怪不得，我就听说云翔经常在待月楼赌钱，原来是真的！"

"今天就出事了，云翔说，云飞和阿超逮着他了……他满身的血跑来找我，说是云飞和阿超要杀了他！"

纪总管那么真情毕露，说得合情合理，祖望不得不相信了。他震惊极了，恨极了，心痛极了，也伤心极了，咬牙说：

"为了一个江湖女子，他们兄弟居然要拼命，我太失望了！哥哥把弟弟杀成重伤……这太荒唐了！太让人痛心了！"

"唉！江湖女子，才是男人的克星！以前吴三桂，为一个陈圆圆，闹得天翻地覆，江山社稷都管不着了！老爷，现在的情况是真的很危险，你得派人保护云翔！云飞的个性我太了解，阿超身手又好，云翔不是敌手，就算是敌手，家里直闹到兄弟相残，那岂不是大大的不幸吗？"

祖望凝视纪总管，知道他不是危言耸听，心惊胆战。

"现在，云飞忙着去照顾萧家的几个姑娘，大概一时三刻不会回来，等他回来的时候，云翔恐怕就危险了！老爷，这个家庭悲剧，你要阻止呀！"

"云翔也太不争气了！太气人了！太可恶了！"

"确实！如果不是他已经受了重伤，连我都想揍他！你想想，闹出这么丢人的事，他把天虹置于何地？何况，天虹还有孕在身呀！"

祖望眼中湿了，痛定思痛：

"两个逆子，都气死我了！"

纪总管沉痛地再加了一句：

"两个逆子里，你只能要一个了！你想清楚吧！"

祖望跌坐在椅子里，被这样的两个儿子彻底打败了。

晚上，纪总管好不容易，才劝着品慧和祖望，回房休息了。

房间里，剩下了纪家父子三个。

云翔的伤，虽然瞒过了展家每一个人，但是，瞒不了天虹。她所有的直觉，都认为这事有些邪门，有些蹊跷。现在，看到房里没有人了，这才急急地问父亲：

"好了，现在，爹和娘都走了，丫头用人我也都打发掉了，现在屋子里只有我们几个，到底云翔怎会伤成这样？你们可不可以告诉我了呢？"

云翔听了，就呼的一声，掀开棉被，从床上坐起来，伸头去看。

"真的走了？我快憋死了！"

纪总管一巴掌拍在他肩上，恼怒地说：

"你最好乖乖地躺着，十天之内，不许下床，三个月之内，不许出门！"

"那我不如死了算了！谁要杀我，就让他杀吧！"云翔一阵毛躁。

天虹惊奇地看他，困惑极了：

"你的伤……你还能动？你还能坐起来？"

"你希望我已经死了，是不是？"云翔没好气地嚷。

天尧忙去窗前，把窗子全部关上。天虹狐疑地看着他们：

"你们在演戏吗？云翔受伤是假的吗？你们要骗爹和娘，要骗大家，是不是？为什么？我有权知道真相吧！"

"什么假的受伤，差点被人杀死了，胳臂上、腿上、背上全是刀伤，不信，你来看看！脑袋也被阿超打了一棍，现在，痛得好像都裂开了！"云翔叽里咕噜。

"阿超？"天虹大惊失色，"你跟云飞打架了？怎会和阿超有关？"她抬头，锐利地看纪总管："爹，你也不告诉我吗？你们不把真实情况告诉我，还希望我配合你们演戏吗？"

天尧看云翔：

"我可得说了！别人瞒得了，天虹瞒不了！"

云翔往床上一倒：

"啊，我管不着了！随你们纪家人去说吧，反正我所有的小辫子，都在你们手上！以后，一定会被你们大家拖着走！"

"你还敢说这些莫名其妙的话！是不是要我们去告诉你爹，你根本没什么事，就是欠揍！"纪总管恨恨地问。

云翔翻身睡向床里，不说话了。于是，纪总管把他所知道的事，都说了。

天虹睁大眼睛，在震惊已极中，完全傻住了。她什么都不能想了，看着云翔，她像在看一个完全陌生的人！天啊，她到底嫁了怎样一个丈夫呢？

晚上，阿超回来了。

阿超走进大门，就发现整个展家，都笼罩在一种怪异的气氛里。老罗和家丁们看到了他，个个都神情古怪，慌张奔走。他实在没有情绪问什么，也很怕碰到云翔，生怕自己会控制不住，做出什么惊天动地的事来。云飞说的话很对，就算到了最后关头，头不可抛，血不可洒，因为还有萧家五个！他要忍耐，他必须忍耐！他咬着牙，直奔梦娴的房间，找到了梦娴：

"太太，大少爷要我告诉您，他暂时不能回家……"

梦娴还没听完，就激动地喊了出来：

"什么叫作他暂时不能回家？为什么不能回家？"她紧盯

着阿超，哑声地问："你们是不是打伤了云翔？闯下了大祸，所以不敢回家？"

阿超瞪大眼睛，又惊又怒：

"什么？我们打伤他？我们还来不及打呢……"他蓦然住口，狐疑地看梦娴："他又恶人先告状，是不是？他说我们打他了？他怎么说的？"

齐妈在一边，插口说：

"我们不知道他怎么说的，也没有人跟我们说什么！下午，二少爷被担架抬回家，浑身包得像个粽子一样，好像伤得好严重，纪总管、天尧、天虹、老爷、慧姨娘……都急得快发疯了，可是，怎么受伤的，大家都好神秘，传来传去，就没有人能证实什么……你和大少爷又一直没出现，老爷晚饭也没吃，看我们的脸色怪怪的，所以，我们就猜，会不会是你们两个打他了？"

"是你？对不对？是你在报仇吗？"梦娴盯着他。

阿超惊愕极了，看看齐妈，又看看梦娴，不敢相信：

"他受了重伤？怎么会受了重伤？太奇怪了！"

"那么，不是你们闯的祸了！"梦娴松了一口气，"只要不是你们打的，我就安心了！"

阿超疑虑重重，但是，也没有时间多问：

"太太！大少爷要我告诉你，等他忙完了，他就会回来！要你千万不要担心！"

"我怎么可能不担心呢？大家都神神秘秘的，把我搅得糊里糊涂。他在忙什么？你为什么不坦白告诉我呢！"

阿超有口难言，闪避地说：

"大少爷说，等他回来的时候，他会跟你说的！反正，你别担心，他没有打二少爷，他的身体也很好，没被打，只是……"

"只是什么？"

"只是……一时之间，无法脱身！"

"跟雨凤有关吗？"梦娴追问，一肚子疑惑。

"好像……有关。"他支支吾吾。

"什么叫好像有关？你到底要不要说？"

"我不能说！"

梦娴看了他好一会儿，打开抽屉，拿了一个钱袋，塞进他手里：

"带点钱给他！既然暂时不能回家，一定会需要钱用！你还要拿什么吗？"

"是！我还要帮大少爷拿一点换洗衣服！要把家里的马车驾走，还有，齐妈，库房里还有没有当归人参红枣什么的？"

梦娴惊跳起来：

"谁生病了？你还说他没事……"

阿超无奈，叹口气：

"是雨凤姑娘！"

"雨凤？不是昨天还好好的吗？"梦娴一呆。

"昨天好，今天就不好……可能是太累了，吃住的条件太差了，大少爷在忙着给他们搬个家！就是这样！"

梦娴看阿超，见他一副有苦说不出的样子，想想云翔受伤的情形，实在有些心惊肉跳。但是，她知道阿超的忠实，如果云飞不让他说，就不用问了。

"齐妈，你快去给他准备！既然要搬家，家里要用的东西，锅碗瓢盆，清洁用具，都给他们准备一套！"

这时，老罗匆匆地奔来：

"阿超！老爷要你去书房，有话跟你说！"

阿超一震。梦娴、齐妈双双变色，不禁更加惊疑。

阿超来到书房，只见祖望在房间里走来走去，烦躁不安。阿超不知道他要说什么，可是，感觉到他有种阴郁和愤怒，就直挺挺地站在房里，等待着。

祖望一个站定，抬头问：

"云飞在哪里？"

阿超僵硬地回答：

"他心情不好，不想回家。可能又犯了老毛病，不愿意家里的人知道他在哪里，刚刚太太问了半天，我也没说。我想，现在最好不要去烦他，过个两三天，他就会回来了！"

祖望听了，反而松了一口气，低头沉思，片刻不语。

阿超满腹疑惑，又不能问。祖望沉思了好一会儿，抬起头来：

"他心情不好，不想回家？也罢，就让他在外面多待几天吧！你们做了些什么，我现在都不问，发生过什么，有什么不愉快，我都不想追究！你告诉他，等他忙完了，我再跟他好好谈！既然他在外面，你就别在这儿耽搁了，最好快点去陪着他！"

“是。那我去了！”阿超意外极了。

“等一下！”

祖望开抽屉，拿出一沓钞票：

“这个带给他！他身边大概没什么现款。”

阿超更加意外，收下了。

祖望突然觉得乏力极了，心里壅塞着悲哀。还想说什么，心里太难过了，说不出口，化为一声叹息，把头转开去：

“那么，你去吧！好好照顾他！”

阿超带着一肚子的困惑，出门去了。

房门一关，祖望就倒进椅子里：

“怎么会弄成这样呢？连一个阿超回来，都会让我心惊肉跳，就怕他去杀害云翔！一个家，怎么会弄得这么你死我活，誓不两立呢？难道，两个儿子中，我真的只能留一个吗？世间，怎么会有如此残忍的事呢？”

绝望的情绪，从他心底升起，迅速地扩散到他的四肢百骸。

阿超回到客栈，见到云飞，立即把展家的情形都说了：

“经过就是这样，怪极了！你看，会不会雨凤姑娘那几刀刺得很深，像上次捅你一样？我给他头上的那一棍可能不轻，但是，并没有让他倒下呀！难道他离开了萧家，还有别人教训了他不成？总之，全家都怪怪的，看到我就紧紧张张的，连老爷都是这样！真的不知道是怎么回事！你看，这之中会不会有诈？”

云飞沉思，困惑极了：

"确实很奇怪，尤其是我爹，没有大叫大骂地要我马上回家，还要你带钱给我，实在太稀奇了！"他摇摇头："不过，说实话，我现在根本没有情绪去分析这些，去想这些！"

阿超看了看躺在床上的雨凤：

"有没有吃药呢？有没有吃一点东西呢？"

云飞痛楚地摇了摇头，已经心力交瘁。

"那雨鹃呢？"

"不知道有没有吃。我要她带小三小四小五去那间休息。我看，她也不大好。"

"那我看她去！"

云飞点点头。阿超就急急忙忙地去了。

雨凤忽然从梦中惊醒，大叫：

"救命啊……啊……"

云飞扑到床边，一把抱住她，把她的头紧紧地揽在怀中，急喊：

"我在！我在！我一步也没离开你！别怕，你有我，有我啊！"

她睁眼看了看，又乏力地闭上了，满头冷汗。云飞低头看她，心痛已极：

"雨凤啊雨凤，我要怎样才能治好你的创伤？到了这种时候，我才知道我是多么无能，又多么无助！你像一只受伤的蜗牛，躲进自己的壳里，却治不好自己的伤口！而我，眼睁睁看着你缩进壳里，却无法把你从壳里拖出来，也无法帮你上药！我已经束手无策了！你帮帮我吧！好不好？好不好？"

他一边说着，一边不断地拭着她额上的汗。

她偎在他怀中，瘦弱，苍白，而瑟缩。

他吻着她的发丝，心中，是天崩地裂般的痛。

第二天，一清早就开始下雨。云飞和阿超，不想再在那个冷冷清清的客栈里停留，虽然下雨，仍然带着萧家五个，搬进了塘口的新家。

大雨一直哗啦啦地倾盆而下。马车在大雨中驶进庭院。

阿超撑着伞，跳下驾驶座，打开车门，嚷着：

"大少爷，赶快抱她进去，别淋湿了！"

云飞抱着雨凤下车，阿超撑伞，匆匆忙忙奔进室内。

雨鹃带着小三小四小五纷纷跳下车，冒雨奔进大厅。雨鹃放眼一看，大厅中，陈设着红木家具，颇有气势。窗格都是刻花的，显示着原来主人的身份。只是，房子空荡荡，显得有些寂寞。四个姊弟的心都在雨凤身上，没有情绪细看。

"我来带路！"阿超说，"我已经把你们大家的棉被衣服都搬来了，这儿有七八间卧房，我暂时把雨凤姑娘的卧室安排在这边！"

云飞抱着仍然昏昏沉沉的雨凤，跟着阿超，往卧室走去。几个弟妹，全都跟了进来。

卧室非常雅致简单。有张雕花的床，垂着白色的帐幔。有梳妆台，有小书桌。

云飞把雨凤放上床。雨鹃、小三、小四、小五都围过来。

小五伸手拉着雨凤的衣袖，有些兴奋地喊着：

"大姊，你看，我们搬家啦，好漂亮的房间！还有小花园呢！"

雨凤睁开眼睛，看看小五。

大家看到雨凤睁开眼睛，就兴奋起来，雨鹃急切地问：

"雨凤！你醒了吗？要不要吃什么？现在有厨房了，我马上给你去做！"

"大姊，你要不要起来走一走？看看我们的新房子？"小三问。

"大姊！醒过来，不要再睡了！"小四嚷。

"雨凤！雨凤！你怎样？有什么话要跟我说吗？"云飞喊。

大家同时呼唤，七嘴八舌，声音交叠地响着。雨凤的眼光扫过众人，却视若无睹，眼光移向窗子。

雨哗啦啦地从窗檐往下滴落。雨凤看了一会儿，眼睛又闭上了。

大家失望极了，难过极了。云飞叹了一口气，看阿超：

"我陪着她，你带他们大家去看房间，该买什么东西，缺什么东西，就去办。最主要的，是赶快把药再熬起来，煮点稀饭什么的，万一她饿了，有点东西可吃！"

"我也这么想！"阿超回头喊，"雨鹃，我们先去厨房看看吧！最起码烧壶开水，泡壶茶！我们大家，自从昨天起，就没吃过什么东西，这样也不成，必须弄点东西吃！把每个人都饿坏了，累垮了，对雨凤一点帮助都没有！"

"我去烧开水！"小三说。

"我来找茶叶！"小五说。

阿超带着大家出去了。

房内，剩下云飞和雨凤。云飞拉开棉被，给她盖好。再拉了一张椅子，坐在她的床前。他就凝视着她，定定地凝视着她，心里一片悲凉：

"她就像我当初失去映华一样，把自己整个封闭起来了！经过这么多苦难的日子，她都熬了过来，但是，这个世界实在太丑陋太残酷，让她彻底绝望了！不只对人生绝望，也对我绝望了，要不然，她不会听不到我的呼唤，感觉不到我的心痛！她把这件事看得如此严重，真让人心碎。我有什么办法能让她了解，她的玉洁冰清，没有任何东西可以污染！我有什么办法呢？"他想着，感到无助极了。

她的眼睛忽然睁开了。

他看到了，一阵震动，却不敢抱任何希望，小小声地呼唤着：

"雨凤？雨凤？"

她看了他一眼，被雨声吸引着，看向窗子。他顺着她的视线，也看看窗子。于是，她的嘴唇动了动，轻轻地吐出一个字：

"雨。"

他好激动，没听清楚，急忙匍匐着身子，眼光炙热而渴求地看着她：

"你说什么？再说！再说！我没听清楚，告诉我！什么？"

她又说了，哑哑地，轻轻地：

"雨。"

他听清楚了：

"雨？是啊！天在下雨！你想看雨？"

她轻轻点头。

他全心震动，整个人都亢奋了，急忙奔到窗前，把窗子整个打开。

她掀开棉被，想坐起来。

"你想起来？"他问。

他奔到床前，扶起她，她摸索着想下床。他用热烈的眸子，炙烈地看着她，拼命揣摩她的意思：

"你要看雨？你要到窗子前面去看雨？好好，我抱你过去，你太虚弱了，我抱你过去！"

她摇摇头，赤脚走下床，身子摇摇晃晃的。他慌忙扶住她，在巨大的惊喜和期待中，根本不敢去违拗她。她脚步蹒跚地往窗前走，他一步一搀扶。到了窗前，她站定了，看着窗外。

窗外，小小的庭院，小小的回廊，小小的花园，浴在一片雨雾中。

她定睛看了一会儿，缓缓地、清晰地、低声地说：

"爹说，我出生的时候，天下着大雨，所以我的名字叫'雨凤'。后来，妹妹弟弟，就都跟随了我的'雨'字，成为排名。"

她讲了这么一大串话，云飞欢喜得眼眶都湿了。他小心翼翼，不敢打断她的思绪，哑声地说：

"是吗？原来是这样。你喜欢雨？"

"爹说，'雨'是最干净的水，因为它从天上来。可是，娘去世以后，他好伤心。他说，'雨'是老天为人们落泪，因为人间有太多的悲哀。"

"苍天有泪！"他低语，全心震撼。她不再说话，出神地看着窗外的雨，片刻无言。他出神地看着她，不敢惊扰。

忽然，她一个转身，要奔出门去。由于虚弱，差点摔倒。他急忙扶住她：

"你要去哪里？"

她痴痴地看着窗外。

"外面。可是，外面在下雨啊！好吧，我们到门口去！"

她挣开他，跌跌冲冲地奔向门外。他急喊：

"雨凤！雨凤！你要干什么？"

她踉踉跄跄地穿过大厅，一直跑进庭院。

大雨滂沱而下。她奔进雨中，仰头向天。雨水淋着她的面颊，她身子摇摇欲坠，支撑不住，只得跪落于地。

云飞拿着伞追出来，用伞遮着她，喊着：

"进去，好不好？你这么衰弱，怎么禁得起再淋雨？"

她推开他，推开那把伞。他拼命揣摩她的心思，心里一阵酸楚：

"你要淋雨？你不要伞？好，我陪你，我们不要伞！"

他松手放掉了伞，伞落地，随即被风吹去。

他跪了下去，用手扶着她的身子，看着她。

她仰着头，雨水冲刷着她，泪和着雨，从她面颊上纷纷滚落。

雨鹃、阿超、小三、小四、小五全都奔到门口来，惊愕地看着在雨中的二人。

"你们在做什么？雨凤！快进来！不要淋雨啊！"雨鹃喊着。

"大姊！你满身都是伤，再给雨水泡一泡，不是会更痛吗？"小三跟着喊。

阿超奔出来，拾起那把伞，遮住了两个人，急得不得了：

"你们不把自己弄得病倒，是不会甘心的，是不是？不是好端端躺在床上吗，怎么跑到雨里来了呢？"他看云飞，大感不解："大少爷，雨凤姑娘病糊涂了，你也跟着糊涂吗？还不赶快进去！"

雨凤躲着那把伞。云飞急呼：

"阿超，把伞拿开，让她淋雨！雨是最干净的水，可以把所有不快的记忆，所有的污秽，全体洗刷掉！雨是苍天的眼泪，它帮我们哭过了，我们就擦干眼泪，再也不哭！"

雨凤回头，热烈地看云飞，拼命点头。

阿超看到雨凤这种表情，恍若从遥远的地方，重新回到人间，不禁又惊又喜，收了伞，他狂喜地奔向雨鹃姊弟，狂喜地大喊：

"她醒了，她要淋雨，她活过来了！她醒了！"

雨鹃的泪，立即稀里哗啦地落下：

"她要淋雨？那……我去陪她淋雨！"

雨鹃说着，奔进雨中，跪倒在雨凤身边，大喊：

"雨凤，我来了！让这场雨，把我们所有的悲哀，所有的屈辱，一起冲走吧！"

小三哭着，也奔了过来：

"我来陪你们！"

小四和小五也奔过来了，全体跪落地，围绕着雨凤。

"要淋雨一起淋！"小四喊。

"还有我，还有我，我跟你们一样，我要陪大姊淋雨！"小五嚷着。

阿超拿着伞，又奔过来，不知道把大家怎么办才好，遮了这个遮不了那个。

"你们怎么回事？都疯了吗？我只有一把伞，要遮谁呢？"

雨凤看着纷纷奔来的弟妹，眼泪不停地掉。当小五跪到她身边时，她再也控制不住，将小五一把抱住，用自己的身子，拼命为她遮雨，嘴里，痛喊出声：

"小五啊！大姊好没用，让你一直生活在风风雨雨里！当初答应爹的话，全体食言了！"她搂着小五的头，哭了。

几个兄弟姊妹，全都痛哭失声了，大家伸长了手，你抱我，我抱你，紧拥在一片雨雾里。

云飞和阿超，带着全心的震动，陪着他们五个，一起淋雨，一起掉泪。

（京权）图字：01-2024-1710

图书在版编目（CIP）数据

苍天有泪.2，爱恨千千万/琼瑶著. -- 北京：作家出版社，2024.10

（琼瑶作品大合集）

ISBN 978-7-5212-2858-8

Ⅰ.①苍…　Ⅱ.①琼…　Ⅲ.①言情小说–中国–当代　Ⅳ.①I247.5

中国国家版本馆 CIP 数据核字（2024）第 089656 号

苍天有泪2　爱恨千千万

作　　者：琼　瑶
责任编辑：方　燊
装帧设计：棱角视觉　纸方程·于文妍
出版发行：作家出版社有限公司
社　　址：北京农展馆南里 10 号　　　邮　　编：100125
电话传真：86-10-65067186（发行中心）
　　　　　86-10-65004079（总编室）
E-mail: zuojia@zuojia.net.cn
http://www.zuojiachubanshe.com

字　　数：147 千
印　　张：7.5
版　　次：2024 年 10 月第 1 版
印　　次：2024 年 10 月第 1 次印刷
ISBN 978-7-5212-2858-8
定　　价：36.00 元

品　琼　瑶　经　典

忆　匆　匆　那　年

琼瑶作品大合集

1963	《窗外》	1981	《燃烧吧！火鸟》
1964	《幸运草》	1982	《昨夜之灯》
1964	《六个梦》	1982	《匆匆，太匆匆》
1964	《烟雨蒙蒙》	1984	《失火的天堂》
1964	《菟丝花》	1985	《冰儿》
1964	《几度夕阳红》	1989	《我的故事》
1965	《潮声》	1990	《雪珂》
1965	《船》	1991	《望夫崖》
1966	《紫贝壳》	1992	《青青河边草》
1966	《寒烟翠》	1993	《梅花烙》
1967	《月满西楼》	1993	《鬼丈夫》
1967	《翦翦风》	1993	《水云间》
1969	《彩云飞》	1994	《新月格格》
1969	《庭院深深》	1994	《烟锁重楼》
1970	《星河》	1997	《还珠格格第一部1阴错阳差》
1971	《水灵》	1997	《还珠格格第一部2水深火热》
1971	《白狐》	1997	《还珠格格第一部3真相大白》
1972	《海鸥飞处》	1997	《苍天有泪1无语问苍天》
1973	《心有千千结》	1997	《苍天有泪2爱恨千千万》
1974	《一帘幽梦》	1997	《苍天有泪3人间有天堂》
1974	《浪花》	1999	《还珠格格第二部1风云再起》
1974	《碧云天》	1999	《还珠格格第二部2生死相许》
1975	《女朋友》	1999	《还珠格格第二部3悲喜重重》
1975	《在水一方》	1999	《还珠格格第二部4浪迹天涯》
1976	《秋歌》	1999	《还珠格格第二部5红尘作伴》
1976	《人在天涯》	2003	《还珠格格第三部天上人间1》
1976	《我是一片云》	2003	《还珠格格第三部天上人间2》
1977	《月朦胧鸟朦胧》	2003	《还珠格格第三部天上人间3》
1977	《雁儿在林梢》	2017	《雪花飘落之前——我生命中最后的一课》
1978	《一颗红豆》	2019	《握三下，我爱你——翩然起舞的岁月》
1979	《彩霞满天》	2020	《梅花英雄梦之乱世痴情》
1979	《金盏花》	2020	《梅花英雄梦之英雄有泪》
1980	《梦的衣裳》	2020	《梅花英雄梦之可歌可泣》
1980	《聚散两依依》	2020	《梅花英雄梦之飞雪之盟》
1981	《却上心头》	2020	《梅花英雄梦之生死传奇》
1981	《问斜阳》